看就业 选专业

——报好高考志愿

（2011年·高职版）

麦可思（MyCOS）研究院 编著

北京大学出版社
PEKING UNIVERSITY PRESS

内 容 简 介

在"人人可以上大学"的今天，摆在考生和家长面前的难题已不只是如何选择好院校，更多是如何通过选择好专业在大学毕业后顺利就业。想知道哪些热门专业实际上是就业陷阱，想了解今天选择的专业未来能够从事哪些职业、薪资如何，想体会某种职业的具体工作内容……本书基于麦可思的国际先进调查系统，数据覆盖全国 1553 所高职院校、661 个高职专业、657 个职业、316 个行业，是专为计划报考高职院校的考生和家长准备的志愿填报实用信息。

图书在版编目(CIP)数据

看就业 选专业：报好高考志愿：2011 年.高职版/麦可思研究院编著.—北京：北京大学出版社，2011.3

ISBN 978-7-301-18567-4

Ⅰ.①看… Ⅱ.①麦… Ⅲ.①高等学校：技术学校－招生－简介－中国－2011②毕业生－高中－升学参考资料 Ⅳ.①G647.32

中国版本图书馆 CIP 数据核字(2011)第 026223 号

书　　　　名：看就业 选专业——报好高考志愿(2011 年·高职版)
著作责任者：麦可思研究院 编著
策 划 编 辑：邱 懿
责 任 编 辑：陈 薇
标 准 书 号：ISBN 978-7-301-18567-4/G·3082
出 版 发 行：北京大学出版社
地　　　　址：北京市海淀区成府路 205 号 100871
网　　　　址：http://www.pup.cn
电 子 信 箱：zyjy@pup.cn
电　　　　话：邮购部 62752015 发行部 62750672 编辑部 62754934 出版部 62754962
印 刷 者：北京汇林印务有限公司
经 销 者：新华书店
　　　　　　787 毫米×1092 毫米 16 开本 10.5 印张 237 千字
　　　　　　2011 年 3 月第 1 版 2011 年 3 月第 1 次印刷
定　　　　价：25.00 元

前　言

　　自高校扩招以来,大学毕业生的就业难问题越发明显。培养一个大学生,少则需要 4 万元,多则需要 10 万元,而如果大学生毕业后找不到工作或找不到合适的工作,且不论经济的损失,孩子的人生起点亦将遭遇酷寒。买股票要看看行情,倾听专家建议,看以后的回报率好不好;买空调还要不厌其烦货比三家;为最爱的孩子投资数万元的大学教育、终生事业的起点,还不值得我们仔细斟酌吗?

　　选大学、选专业,怎么个选法? 目前,多数家长和高考生采取的办法是根据分数在一定范围里选择大学,用非常短促的时间决定大学和专业。虽然分数能够提供选择的依据,但同一分数段范围内仍有很大的选择空间,此时还需考虑什么呢? ——那就是将来的就业。

　　读大学不是为了体面和荣耀,而是为了以后的职业前途。《看就业　选专业——报好高考志愿》自 2009 年首版以来,受到高考生、考生家长和高中教师们的热烈欢迎。与其他的高考类图书不同,它引进了高考志愿填报的先进思想:从职业规划出发、参考就业信息来定专业、选大学。**本书在前两版的基础上,根据报考高职院校考生们的需要专门进行了改版,基于专业水平的麦可思公司 2010 年度最新就业调查数据而编写**。它以便捷的表格查询方式,为您提供了职业环境考察、各职业对应的专业信息等内容(包括就业率、月收入、工作能力满足度、工作与专业对口率等)。

　　那么,麦可思数据的准确性如何?

　　麦可思公司(MyCOS)是具有第三方公正性的专业教育数据咨询公司。麦可思从 2007 年开始,每年耗资数百万对毕业半年后大学生的就业状态和工作能力进行全国性调查,由此而形成全国大学毕业生就业数据库。本书的数据主要来源于 2010 年全国调查的 8.8 万份高职毕业生有效答卷,共覆盖全国 31 个省、直辖市和自治区的高职院校 1553 所;共调查了 661 个高职专业;覆盖了高职毕业生能够从事的 657 个职业,占全国所有职业分类的 91%(《麦可思-中国职业分类词典(2010 版)》);覆盖高职毕业生就业的 316 个行业,占全国所有行业分类的 99%(《麦可思-中国行业分类词典(2010 版)》)。另有部分数据来源于 2008 年、2009 年、2010 年调查累计所得的 18 万份高职毕业生有效答卷。

　　麦可思公司是中国目前唯一能够提供完整可靠的中国大学生就业数据的机构。麦可思数据自发布以来,得到了包括新华社、中新社、CCTV、凤凰卫视、人民日报、中国教育报、中国青年报、环球时报、光明日报、人民政协报、人民网、中国教育新闻网、中国教育在线等上千家主流媒体的报道和肯定,麦可思的中国大学生就业报告得到了政府主管部门的肯定和引用,麦可思的各省就业专题报告得到了各省主管部门的高度重视。麦可思是 2010 年、2009 年《就业蓝皮书》的唯一作者,也为《中国社会蓝皮书》、《中国教育蓝皮书》、《中国工程教育蓝皮书》提供数据支持。

　　作为本书的编者、中国高等教育追踪评估系统(CHEFS)的主要设计人,我们衷心希望本书提供的信息能帮助您选准职业、找对专业,使高考志愿填报成为一项好的人力资本投资。

麦可思(MyCOS)研究院

2011 年 1 月

目　　录

图表目录

第1章 为什么需要这样一本书

1.1 选择高职就是选择就业

每年的志愿填报,总有一大批学生志愿填报"失误",弃考、复读的大有人在。那么考生和家长的高考目标定位究竟如何呢? 为此,麦可思曾对参加2010年高考的学生和高考生家长进行网上调查,结果显示,有68%的高考生认为毕业后可能就读一本院校,75%的考生家长为孩子制定的大学目标是一本院校,而将孩子大学目标定在高职高专的家长始终仅占1%。可见,在选择本科与选择高职之间,的确上演着惊人的悬殊。

尽管选择了这样一本高职志愿填报指导书,但不可否认的是,考生与家长通常对报考高职院校怀有一种顾虑,即认为如今大学扩招,连本科生都越来越不值钱,读了高职,毕业还能找到工作吗? 中国根深蒂固的传统观念也往往认为高职就比本科低一档次,实在没学上才上高职。其实,这些都是很片面的认识,误导着高考志愿的选择。

由麦可思编著、中国社会科学研究院出版的《2010年大学生就业报告》(就业蓝皮书)表明,就2009届毕业生就业情况来看,全国示范性高职院校毕业生半年后的就业率为88.1%,已经不低于非"211"本科院校87.4%的就业率(见表1-1);另外,高职高专院校2009届毕业生的月收入同上一届相比增长显著,增长幅度已超过了"211"和非"211"本科院校(见图1-1)。由于就业形势好、学生职业技能强、毕业生符合社会需求,高职应该更多地受到考生和家长的关注。

表 1-1 全国 2009 届各类型院校毕业生的总体就业指标*

院校类型	毕业半年后的非失业率/就业率(%)
本科院校	**88.0**
"985"院校	89.7
"211"院校	91.2
非"211"本科院校	87.4
高职高专院校	**85.2**
全国示范性高职高专院校	88.1
非全国示范性高职高专院校	84.3
全国民办独立院校	82.8

* "985"院校和"211"院校计算的是毕业半年后的非失业率,其他院校均计算毕业半年后的就业率。

数据来源:麦可思-中国 2009 届大学毕业生求职与工作能力调查

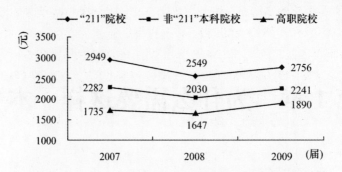

图 1-1　2007—2009 届各类院校毕业生半年后的月收入

数据来源：麦可思-中国 2007—2009 届大学毕业生求职与工作能力调查

　　高职院校的办学宗旨，是紧密结合社会需求，培养具有一定管理经验的技术型人才，因此更注重培养学生的实际操作能力，这一点明显区别于注重学生理论知识培养的本科教育。自 1999 年第三次全国教育工作会议做出大力发展高等职业教育的决定以来，高等职业教育已经撑起了我国高等教育的"半壁江山"。"大力发展职业教育"也作为八大发展任务之一，写入 2010 年公布的《国家中长期教育改革和发展规划纲要》当中。从专业设置到教学，高职教育无不体现了"以就业为导向"的培养目标，可以为用人单位培养比本科更有应用价值的专业型人才。

　　对于考生来讲，如今报考高职院校的选择空间也越来越大。由于适龄人口下降，高校已步入生源短缺之年，生源形势的严峻性已经直接体现在高校的招生工作中。2010 年，"降分补录"现象已在全国范围内蔓延开来——江苏省专二院校录取线一降再降，先是 160 分，后又降到 120 分；浙江省需要二次征求志愿，且部分院校（专业）可以降分到批次线下 20 分以内（文理科均为 263 分）填报；广东省为部分高职院校进行第三次录取，其征集志愿的资格线也仅为文科 200 分、理科 200 分……在"人人可以上大学"的如今，摆在考生和家长面前的难题已不只是如何选择好院校，更多的是如何选择好专业，进而考虑怎样在大学毕业后顺利就业，在竞争激烈的求职决战中找份好工作、谋求好发展、成就好人生。可以说，高考已不再是分数的战场，而是志愿选择的"智力赛场"。而在这场竞赛的主力阵容中，学生、家长和老师，无论是谁在主导决策，都难免存在局限。

学生的认识有限

　　一个一直生活在校园中的单纯高中生，无论是生活的经历、对社会的了解还是对职业的认识都极为有限，即使"开明"的父母将选择权完全下放，他们也只会茫然无措，根本不知道怎样选择，或者将自己的一时喜好误以为是职业兴趣而盲目选择专业。有这样的学生：喜欢电脑游戏，就认为自己会喜欢从事和计算机有关的工作，于是在高考时选择了计算机科学专业。事后却被证明这样的选择是错误的，但悔之晚矣。

家长的经验不可靠

　　那么，是否家长的意见就可靠呢？一些家长根据自己的理解和从各方道听途说的零碎信息认定某所学校的名声好,某个专业是热门,于是指导孩子按自己的意愿进行选择,认为"选这个学校和专业肯定没错,孩子毕业后一定可以顺利地找到好工作"。然而,现实真的如此吗?据麦可思 2010 年最新调查结果显示,10 个热门高职专业中竟有 8 个失业最为严重,其中就包括了前几年高考生和家长"热捧"的**机电一体化技术、物流管理、数控技术、计算机应用技术、会计、商务英语**等。可见,家长对职业和对就业市场的认识依然是有局限的,仅根据自己片面的生活经验与知识去指导孩子填报高考志愿是不可靠的。

老师的指导偏于学习成绩

当高考生和家长都手足无措之时,听听老师的意见应该会有些帮助吧?但遗憾的是,老师也只能从学生平时成绩、模拟考试成绩出发,结合各高校历年的招生录取分数线,指导高考生选择那些能够被顺利录取的专业和院校。除此之外,老师其实和家长一样,对于就业市场的认识有限,仅凭个人经验和知识,无法从职业规划的角度给予科学的指导与帮助。

其实,高考志愿填报是一个尽可能占更多可靠信息的科学决策过程。如此棘手的选择难题,需要更有力的信息"外援",才能求解出最佳的专业和大学选择方案。而本书,正是高考生和家长最好的"信息智囊"!

不同专业在就业上有何优劣之别?今天选择的专业,未来能够从事哪些职业,薪资又如何?或者,是否能确定职业目标,看看职业对专业背景的要求是什么呢?……

所有这些,你或许都能在本书中找到令人满意的答案。

本书基于麦可思(MyCOS)公司的调查数据编写。麦可思组织的年度"中国应届大学毕业生求职与工作能力调查"第一次在中国以全国性科学调查为基础,以第一手数据事实为根据,全面地、详细地呈现了各大学和各专业的就业情况。正如《第一财经日报》的评价:"虽说各高校就业指导处都有一本毕业生就业账,掌握了 70% 以上毕业生的就业状况,但麦可思完成的'中国应届大学毕业生求职与工作能力调查'却勾勒出整体高校毕业生的就业图景。"

本书正是针对家长和学生对各大学和各专业就业信息的需求,专门为 2011 年报考高职院校的高考生设计,帮助他们在分数所满足的可选项中,选择就业情况更好的专业。

此外,对于从高中开始就进行职业规划的学生而言,仅借助职业测评并不能认识到真实的职业。它的工作内容是什么?任职要求有哪些?该职业是否符合你的性格?能带来怎样的价值满足感?……只有建立在对职业认识上的职业规划才是科学的,才能帮助学生判断自己是否真的喜欢和适合某个职业,并根据职业对专业的要求来填报高考志愿。

本书基于麦可思自主开发的中国独家职业信息数据库,列举了部分常见职业的真实一天(该职业做什么,对性格、能力和任职资格有哪些要求,在什么样的环境下进行工作,薪资如何,以及能带来怎样的价值满足等)。本书能够从职业规划的角度,通过职业测评、职业介绍、职业对应的专业介绍这几个环节科学地指导考生选择最适合自己的专业,提前锁定职业目标,准备好自己的大学生涯与职业发展规划。

那么,麦可思数据的准确性如何呢?

麦可思(MyCOS)是目前中国最大、最全面,唯一得到政府、学术界、商业机构和社会公众共同认可的,有良好公信力的第三方教育数据咨询和评估机构,同时是联合国教科文组织产学合作教席常务理事单位、21世纪教育研究院理事单位。从2007年起,麦可思已经连续4年对大学毕业生的就业状态和工作能力进行全国性调查,由此形成全国大学毕业生就业数据库,累计有效样本在100万份以上。麦可思研究团队已经连续两年作为唯一作者撰写并发布了就业蓝皮书,即《2010年中国大学生就业报告》、《2009年中国大学生就业报告》,同时也为《中国社会蓝皮书》、《中国教育蓝皮书》、《中国工程教育蓝皮书》提供数据支持。麦可思的大学生就业研究报告已经被中国众多高校、各级政府教育和人力资源主管部门、各企事业单位、各级学术研究机构、大学毕业生和高考生等广泛参考。

1.2 怎样报赢高考?

正如前一节所言,志愿填报无疑是打赢高考之战的关键一役。想要科学地选择专业,首先需要明确一点——考大学的最终目的是找份好工作、成就好人生。因此,各大学、各专业近年的就业状况应成为志愿填报科学决策的关键信息之一。在这里,我们将为您提供高考志愿填报方案的"职业→专业"思路及其查询路径。

1.2.1 选好专业,不要寄希望于"专转本"

不少高职生和家长希望通过"专转本"来改变教育背景。麦可思2010年最新完成的"中国应届大学毕业生求职与工作能力调查"显示了2009届高职毕业生选择读本科的最主要动机。如图1-2所示,有1/4的人是出于希望去到更好的大学而就读本科,过半数的人仍然不是出于职业发展的长远动机而选择本科的。

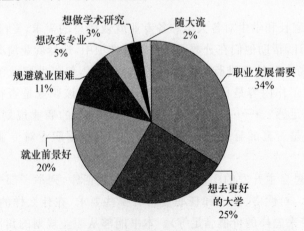

图1-2 中国2009届高职毕业生选择读本科的主要原因

数据来源:麦可思-中国2009届大学毕业生求职与工作能力调查

然而事实上,上了本科就一定不愁就业吗?据麦可思的《2010年大学生就业报告》(就业蓝皮书),许多本科专业毕业生的就业情况还不如高职好专业毕业生。比如,本科专业中的临床医学2009届毕业生毕业半年后就业率为76.9%,而高职专业中的油气储运技术同届毕业生毕业半年后就业率高达98.6%。又如,本科专业中的口腔医学2009届毕业生毕业半年后平均月收入为1740元,而高职专业中的航海技术同届毕业生毕业半年后平均月收入为4065元。

因此,如果当初没有慎选专业,把宝押在"专转本"上,"曲线就业"的美梦也未必能够如愿以偿。

填报高考志愿可能会是影响孩子一生的重大选择,特别是在大学生就业难的背景下,尤为如此。上大学≠好工作,甚至所谓的名牌大学也不再是顺利就业的保障!

因此,抛弃"本科情结",按照市场需求,立足于就业和职业规划来考虑专业和大学的选择,才是高考生和家长的英明之举。选个好专业,才能找份好工作!所学为所需,才是学生最好的职业规划。

1.2.2 根据职业规划选专业

看到这样的标题,读者或许有些不以为然——"职业规划从高中开始?这么早?是不是太超前了?……"

的确,职业规划在高中学生和家长的心中还有些遥远。据麦可思2010年的最新调查,大学毕业生当初从职业规划角度出发来选择专业的人数比例仅有6%。

那么,忽略职业规划的专业选择,结果会如何呢?

很多高考生在填报志愿时,并没有仔细考虑以后的职业问题,盲目地挑选专业,直到大学毕业面临找工作的时候,才发现本专业将要从事的职业并不符合自己的期待,于是开始后悔当初的选择。根据2010年麦可思调查,有43%的高职生在毕业时被迫选择了与所学专业无关的职业。

除了从事的工作与本专业的相关性较低以外,在高职毕业生中还普遍存在离职率较高的问题(如图1-3所示)。

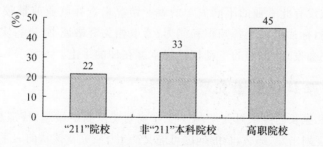

图1-3 2009届各类院校毕业生半年内的离职率

数据来源:麦可思-中国2009届大学毕业生求职与工作能力调查

从2009届大学毕业生主动离职的原因可以看出,有33%的高职毕业生认为自己从事的工作"个人发展空间不够"(如图1-4所示),这往往是因为缺乏正确的择业观,缺少对职业兴趣的发现和认识。毕业生根本不知道什么才是适合自己的职业,抱着"骑驴找马"的心态盲目"试错"、盲目跳槽,走了很多弯路,也错过了很多发展机会。

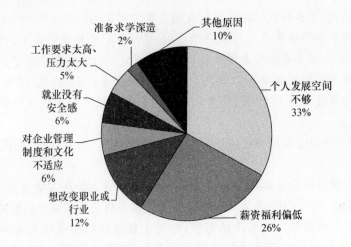

图 1-4　2009 届高职毕业生主动离职的原因

数据来源：麦可思-中国 2009 届大学毕业生求职与工作能力调查

其实，高考生和家长并非拒绝职业规划，但他们中的大多数人都认为应该在进入大学后才开始做职业规划。这就造成学生先选定大学和专业，直到毕业时才决定自己要做什么工作，即"挑大学→选专业→选职业"，而这正是填报高考志愿时的一个致命误区。

难道真的要等到大学毕业以后、就业难题来到面前时，才恍然发现：找份好工作、谋求好发展，在大学毕业前才开始考虑是不能顺利实现的！暂且不论那时专业背景已经无法改变，职业所要求的知识结构和业务能力也根本不可能一蹴而就。

要想尽量避免错选专业、悔不当初的情况出现，必须从大学以前就树立科学的职业规划观念。要想赢在就业，就得主动选好专业，放弃或推迟今天的选择，后果会是就业的被动、发展的被动和人生的被动。

从现在就做职业规划不仅没有超前，而且是不能再晚的关键时机！而根据职业目标、结合就业前景来选择专业是做好职业规划的第一步，也就是"选职业→选专业→挑大学"。学生应该从高中就开始考虑自己将来要从事的职业，再根据职业目标，选择职业所要求的专业，并通过比较设有此专业的不同大学的就业情况来选择就业前景较好的大学，然后在大学里根据职业目标的要求准备知识和能力、考取相关资格证书、进行实习锻炼，等等。

到毕业时，你会发现，就业的主动权已经掌握在你的手上。

1.2.3　基于就业信息确定职业目标

如果高考生和家长已经认可并明确了职业规划要从高中做起，特别是在填报高考志愿时一定要从职业规划出发，那么，新的问题可能又产生了：究竟该从何入手确定职业目标呢？

小的时候，孩子们经常被要求写作文《我的理想》或者是《长大了，我要当……》，然而，真的可以仅凭孩子对未来的模糊愿望或家长的成才期望，就确定诸如警察、科学家、医生、律师、画家……这样的职业目标吗？

或许，"兴趣是最好的老师"，那么，爱打电脑游戏的孩子就由此立志成为计算机程序师？贪吃的孩子就可以梦想成为美食家吗？

又或者，可以根据孩子的特长来确定职业目标？也许能发挥长项就能占据优势？

当实在摸不着门道的时候,干脆完全依赖于做职业测评,根据职业测评结果做选择总会是很容易的事。

……

然而遗憾的是,上述这些想法都不够全面。

职业测评,不可完全依赖!

职业测评通过对测评者的全面测试,帮助学生更好地了解自我,从而更加合理、准确、科学地确定自己的职业定位和规划自己的职业。从 20 世纪 90 年代中后期开始,它被普遍应用于中国人才的选拔。随着中国就业压力的日益增加和个人选择的多元化,职业测评逐渐走向中国市场,并为大家所认可。近几年来,很多大学都推出了"大学生职业测评"服务系统,通过设定的题目,检验大学生的职业人格、职业兴趣、职业价值观、职业能力等,以此来指导大学生顺利就业。

但你不能对一纸试卷有过多的期望。职业测评只是依据测试者的自身特点和主观愿望,无法让测试者实际考察真实职业的客观环境,更没有考虑社会对职业的需求程度。如果在职业测评之后就盲目得出结论,对职业、大学和专业做出错误选择,学生就很难使自己学到社会需求的知识和技能,难以为社会所用。

因此,做职业测评、考察职业环境必须结合配套就业信息。

理想定职业?

或许,大家会机械地认为,理想是否能实现,在很大程度上取决于当初选择的大学和专业:若理想是当一名中学教师,那么,选大学时一定要选择师范院校,并且应根据未来想教的科目来选择专业,在大学里系统地学习专业知识和教育理论,毕业时可以应聘教师岗位……

这种以理想定职业的做法,如果能够顺利实现,的确会让人在工作过程中收获颇多,并且容易产生职业成就感和人生满足感。

但现实地讲,这种做法具有很大的风险:因为如果个人理想与社会需要不匹配,以致毕业时找不到就业机会,连起码的就业都实现不了,那么,再远大的理想也只能是空谈。

经常可以听见周围的人说"其实我原来的理想是做……",理想能否实现,与职业规划、就业市场、个人期望值等多种因素相关。

因此,做职业规划时,个人理想可以作为职业规划的一个重要参考因素,但是,不可以完全以理想来定职业。

爱好定职业?

孔子曾经说过:"知之者不如好之者,好之者不如乐之者。"人们也经常说"兴趣是最好的老师",也就是说,浓厚的兴趣可以让人专注于所从事的事情,并且容易有所成就。因此,在做一件事情的时候,必须重视兴趣的因素。于是在填报高考志愿时,孩子也许会说:"平时我喜欢做……所以我选这个专业。"

然而,业余兴趣不等于职业兴趣,消费兴趣不等于生产兴趣。并且,兴趣具有易变性,偶尔做一下喜欢的事情会觉得很有趣,也许天天做、年年做就会感到厌烦。特别是在青春期,有时候孩子的兴趣只是一段时间内的感觉,会随着时间很快改变。但是职业却具有稳定性,不可能根据一时的兴趣经常把工作换来换去。因此,职业规划不可以跟着业余兴趣走。

经过上面的分析,读者可能会更加迷惑了:到底该如何进行职业规划,怎样选择适合的专业和大学呢?

从就业和长远的职业发展角度来看,选择专业是会影响到将来择业且关系到人生发展的问题,高考生确实需要未雨绸缪、慎重为之——只有在对职业环境有了较深刻的了解和认识的基础之上,结合对市场需求变化趋势的分析和预测,才能确定适当的职业目标,进而根据职业要求选择专业。这样才有利于未来顺利就业,找到"好工作"。

相反,如果任性而为,仅凭着对理想、兴趣、爱好等主观感觉选择专业,而忽视了就业市场的需求,那么,就业难的结局不可避免。

那么,有哪些专业的就业前景好、薪资高?是否常听说的"热门"专业就是就业热门呢?即使学生已经有了较明确的专业目标,也一定很想知道该专业将来会从事哪些职业,而这些职业的薪资和社会需求如何?……专业的就业信息就是帮助高考生进行选择的关键参考信息和决策的重要依据。

本书基于权威、专业、具有第三方公正性的麦可思调查数据库所提供的第一手就业信息,相信一定能够帮助高考生成功地解除困惑,信心百倍地做出正确决策,找到最适合的专业选择方案,尽早地把握好职业方向。

1.3 本书内容导航

为了让大家更快捷、便利、有效地利用本书提供的信息,本书不仅配有"全书内容导图",还附有各个章节的图表目录,所有内容均一目了然。读者可以利用这些索引,选择自己喜欢的路径,清晰、快捷地查询到所关心和需要的信息。

全书内容导图如图 1-5 所示。

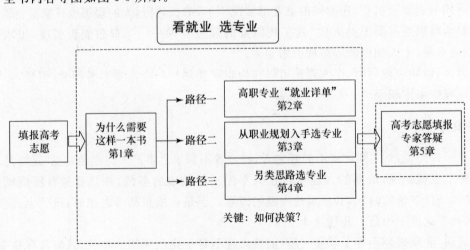

图 1-5　全书内容导图

大学教育是人生的重要转折阶段,在这一阶段每个人将完成从高中生到职业人的角色转变,而在此之前,高中生面临的最重要的难题是:如何填报高考志愿。

正确的信息、正确的选择,是惬意、充实地度过大学时光和未来顺利就业的关键!

本书从职业规划的基点出发,通过大量表格为读者提供了权威、细致的专业就业信息,通过举例的形式为读者描绘职业的真实一天,为大家推荐就业前景较好的专业和职业,高考填报志愿的决策问题即可迎刃而解。

本书共包括 5 章内容:

第 1 章　为什么需要这样一本书

第 2 章　高职专业"就业详单"

第 3 章　从职业规划入手选专业

第 4 章　另类思路选专业

第 5 章　填报高考志愿常见问题解答

阅读这 5 章内容,读者会有以下收获:

(1)树立职业规划观念,以职业发展为方向,以就业市场需求为参考选择专业(详见第 1 章内容)。

(2)了解毕业生半年后的就业率、平均月收入、工作能力满足度等。本书根据全国范围大样本调查得来的第一手就业信息为大家提供各高职专业的就业情况,并帮助大家判断家乡所在地的"热选专业"是否也是"就业热门"。此外,可以进一步帮助您了解各高职专业的就业前景(详见第 2 章内容)。

(3)本书为高考生提供职业测评,并附有与职业匹配度最高的前几位专业及其就业薪资查询。本书还通过举例展示了常见职业的真实一天(该职业做什么,有哪些对性格、能力和任职资格的要求,该职业在什么样的环境下进行工作,薪资如何,以及该职业能带来怎样的价值满足等),帮助高考生在这些职业地图中寻找适合自己的目标职业,并由此选择专业(详见第 3 章内容)。

(4)如果读者希望能选择更适合男性或女性的专业,或在进入大学前就已有了自主创业的念头,又或者想了解哪些专业的毕业生将来从事的工作最对口/最不对口,那么,本书所提供的男、女性薪资和就业率最高的专业信息,自主创业比例最高的专业信息,以及从事对口工作比例最高和最低的专业信息,则可以提供另外的选专业思路(详见第 4 章内容)。

(5)本书精选了高考志愿填报中的常见问题,对问题进行了适当归类,并且配有索引目录,方便读者查询(详见第 5 章内容)。

第 2 章　高职专业"就业详单"

对于即将填报志愿但还没有明确专业目标的读者来说，本章节的内容就好似各高职专业的"就业详单"，高考生和家长可以先阅读本章，参考和比较主要专业的就业情况，缩小备选专业的范围。

2.1　专业就业情况概览

本节提供 18 张表格：

- 表 2-1　2010 年度中国高职专业（大类）各项就业指标
- 表 2-2　2010 年度高职**农林牧渔**大类主要专业（小类）各项就业指标
- 表 2-3　2010 年度高职**交通运输**大类主要专业（小类）各项就业指标
- 表 2-4　2010 年度高职**生化与药品**大类主要专业（小类）各项就业指标
- 表 2-5　2010 年度高职**资源开发与测绘**大类主要专业（小类）各项就业指标
- 表 2-6　2010 年度高职**材料与能源**大类主要专业（小类）各项就业指标
- 表 2-7　2010 年度高职**土建**大类主要专业（小类）各项就业指标
- 表 2-8　2010 年度高职**水利**大类主要专业（小类）各项就业指标
- 表 2-9　2010 年度高职**制造**大类主要专业（小类）各项就业指标
- 表 2-10　2010 年度高职**电子信息**大类主要专业（小类）各项就业指标
- 表 2-11　2010 年度高职**环保、气象与安全**大类主要专业（小类）各项就业指标
- 表 2-12　2010 年度高职**轻纺食品**大类主要专业（小类）各项就业指标
- 表 2-13　2010 年度高职**财经**大类主要专业（小类）各项就业指标
- 表 2-14　2010 年度高职**医药卫生**大类主要专业（小类）各项就业指标
- 表 2-15　2010 年度高职**旅游**大类主要专业（小类）各项就业指标
- 表 2-16　2010 年度高职**文化教育**大类主要专业（小类）各项就业指标
- 表 2-17　2010 年度高职**艺术设计传媒**大类主要专业（小类）各项就业指标
- 表 2-18　2010 年度高职**法律**大类主要专业（小类）各项就业指标

其中，表 2-1 展示的是高职专业大类的整体就业情况，表 2-2 至表 2-18 则包括了 17 个高职专业大类，共覆盖了近 200 个高职专业小类。为了方便读者查询和填报志愿，表 2-2 至表 2-18 中附有国家教育部统一专业代码。每一专业大类下，均按专业中类代码排序；同一专业中类中，按专业小类的就业率排序。同时表格中还提供了该专业毕业生毕业半年后的平均月收入、离校时掌握的工作能力、工作能力的能力满足度、工作与专业对口率、平

均求职成本、每拿到一份工作录用信所需要的求职份数等几项主要就业指标供参考；表中还列出了往届大学毕业生当初选择该专业的首要理由，选择理由为"将来就业容易"的专业多是一些所谓的"热门专业"，选择理由为"大学调剂"的专业往往相对较为"冷门"；此外，表格还附有每个专业毕业生选择自主创业的比例。

为了便于读者更正确和有效地利用本书信息，首先对本节表格的使用及主要专有名词做统一说明。

（1）书中各专业对应的各项就业指标数据均来源于麦可思（MyCOS）中国 2009 届大学毕业生就业能力调查，是通过麦可思 2010 年对中国应届高职毕业生毕业半年后的调查得到的数据，反映的是各专业毕业生毕业半年后的就业状况。

（2）**就业率**：麦可思就业率的计算方法为已就业的高职毕业生人数除以需就业的高职毕业生总数，其中已就业人群包括受雇全职工作、自主创业、有半职工作三类，分子分母按照劳动经济学定义，剔除了"专转本"以及参军等人群。

（3）**毕业半年后的就业率和平均月收入**有一定的稳定性，能更好地反映各高校毕业生的就业能力。

（4）**离校时的工作能力**：麦可思把大学毕业生的能力分为 35 项基本工作能力，在调查就业的应届毕业生时，要请他/她们评估各项能力在自己工作中的重要性、工作要求的水平和自己离校时掌握的水平。经过加权计算出离校时掌握的 35 项能力的总体水平。工作能力的最高水平是 100％，**企业一般要求在 40％以上**（麦可思《中国企事业单位对应届大学毕业生的求职与工作能力需求调查》），**毕业生掌握的水平多为 30％—60％**。

（5）**工作能力的能力满足度**：大学毕业生离校时掌握的能力水平与工作要求的能力水平差别。

工作能力的能力满足度最高为 100％，表示满意；90％以上（包括 90％）为良好满足；85％以上（包括 85％）表示能力基本满足职业工作的需要；75％—85％表示能力不太满足工作需要；而 75％以下则表示能力不满足工作需要。工作能力满意度反映的是自身能力与初级职业工作要求能力的差距。举例来说，某会计专业的本科毕业生毕业后进入一家投资银行从事财务分析，由于该公司技术含量高，知识更新速度快，所以该学生在校期间掌握的能力不太满足工作需要；而某个高职院校的会计专业毕业生毕业后进入一家超市做会计，工作要求的技术含量不高，该学生掌握的能力基本可以满足工作需要。

（6）**工作与专业对口率**：在本专业所有已就业的毕业生中，从事与该专业相关工作的毕业生所占的比例。

一般来说，毕业生从事的工作与本专业对口率较低有多方面原因。其一是该专业的教育重视学生综合素质的培养和思维方式的训练，毕业生的综合能力较强，容易适应与所学专业不相关的工作；其二则是由于本专业的就业环境不够理想、就业面过窄，或本专业毕业生在就业市场上供大于求，毕业生找不到与本专业相关的、适合自己的工作，从而不得不去从事与专业不相关的工作。

（7）**自主创业的比例**：毕业半年内，以自主创业的形式实现就业的人员在同一专业全体同届高职毕业生中所占的比例。需注意的是，其计算基数与就业率不同。

（8）**求职成本**：大学毕业求职活动的总花费，包括服装、差旅费、印制简历及其他，这一指标体现了求职的资金成本。

（9）**求职份数**：应届大学毕业生从求职到接受第一份工作时，总共发出的工作申请的份数，这一指标体现了求职的时间成本。

（10）**选择该专业的首要理由**：包括兴趣爱好、大学调剂、该专业将来就业容易、该专业就业收入较高、根据职业规划选择、学术名声、学习容易等8个选项。但需要说明的是，随着经济情况和就业形势的变化，一个专业的受欢迎程度并不是一成不变的，表格中所统计的"理由"也仅仅反映了2009届毕业生当年选择专业的情况。

（11）在本节主要专业（小类）各项就业指标中，因公共事业大类、公安大类专业样本不足、数据暂缺，不参与统计。

阅读本节18张表格，可以帮助考生和家长比较不同专业毕业生就业情况的差异，从而缩小专业选择的范围。当然，要最终确定专业的选择方案，读者还需要通过阅读第3章，从职业规划出发，做进一步的详细查询和比较判断。

列出这18张表格之前，在此提供一些从中得出的基本规律，供大家参考。

（1）整体来看，高职专业就业情况差距并不是很大。资源开发与测绘、交通运输大类专业在毕业半年后就业率较高，平均月收入也在上游水平；其他就业情况较好的有旅游、材料与能源等大类专业；轻纺食品大类专业的高职毕业生虽然在毕业半年后的就业率较高，但月收入处于中下游水平；就业情况较差的是法学大类专业（如表2-1所示）。

需要提醒读者注意的是，这里的表格均反映的是历史就业情况，虽然在4—5年内，专业的整体就业状况一般处于比较稳定的发展态势，但是自受到国际金融危机的影响以来，我国的经济形势也发生了很大变化，经济结构正在调整，一些行业如房地产业、金融业对大学生的招聘规模缩小。因此，除了参考历史就业情况，还要综合考虑未来经济发展、产业转型对人才的需求和对专业的要求。

表2-1 2010年度中国高职专业（大类）各项就业指标

专业大类代码	专业大类名称	毕业半年后的就业率/%	毕业半年后的平均月收入/元	离校时掌握的工作能力/%	工作能力的能力满足度/%	工作与专业对口率/%	自主创业的比例/%	平均求职成本/元	每拿到一份工作录用信所需要的求职份数
51	农林牧渔大类	83.5	1757	50	84	58	3.1	941	3
52	交通运输大类	88.9	2269	49	85	70	1.4	1061	5
53	生化与药品大类	87.5	1892	50	87	66	1.1	1031	5
54	资源开发与测绘大类	89.5	2358	53	85	84	0.9	896	3
55	材料与能源大类	86.9	1930	50	88	77	0.1	946	4
56	土建大类	85.8	1926	51	84	75	1.5	966	7
57	水利大类	84.6	2110	47	82	84	0.7	1081	11

专业大类代码	专业大类名称	毕业半年后的就业率/%	毕业半年后的平均月收入/元	离校时掌握的工作能力/%	工作能力的能力满足度/%	工作与专业对口率/%	自主创业的比例/%	平均求职成本/元	每拿到一份工作录用信所需要的求职份数
58	制造大类	86.0	1902	49	85	57	1.3	1101	7
59	电子信息大类	82.3	1864	49	84	47	1.8	1176	9
60	环保、气象与安全大类	85.8	1849	49	85	42	1.8	1127	9
61	轻纺食品大类	89.4	1736	49	86	60	2.1	825	5
62	财经大类	86.8	1874	49	85	55	1.6	1015	7
63	医药卫生大类	82.1	1564	51	85	81	1.8	1184	3
64	旅游大类	87.7	1913	51	85	55	3.1	877	5
65	公共事业大类	81.2	1773	49	85	44	1.0	1141	9
66	文化教育大类	85.9	1830	49	85	51	1.4	1058	5
67	艺术设计传媒大类	82.0	1970	50	84	57	2.6	1125	5
68	公安大类	85.0	2089	56	84	87	0.1	1408	2
69	法律大类	73.2	1636	53	88	33	1.6	1051	7

数据来源:麦可思-中国 2009 届大学毕业生求职与工作能力调查

(2)具体来看,同一大类专业中,不同专业的就业情况差距明显。例如,在语言文化类专业中,高职毕业生半年后所得的平均月收入最高可达 2326 元(旅游日语专业),最低仅 1643 元(英语专业);再如,计算机系统维护和计算机科学与技术专业虽同属计算机专业类,但二者的毕业生在毕业半年后的就业率分别为 91.2% 和 74.2%,差距达 17个百分点。

因此,大家可以参考表 2-2 至表 2-18,仔细对各专业的就业指标进行比较和分析。

表 2-2　2010 年度高职农林牧渔大类主要专业(小类)各项就业指标

专业中类代码	专业中类名称	专业小类代码	专业小类名称	毕业半年后的就业率/%	毕业半年后的平均月收入/元	离校时掌握的工作能力/%	工作能力的能力满足度/%	工作与专业对口率/%	平均求职成本/元	每拿到一份工作录用信所需要的求职份数	选择该专业的首要理由
5101	农业技术类	510105	园艺技术	89.7	1630	50	82	45	1064	4	兴趣爱好
5102	林业技术类	510202	园林技术	84.0	1696	45	78	55	1038	4	兴趣爱好

专业中类代码	专业中类名称	专业小类代码	专业小类名称	毕业半年后的就业率/%	毕业半年后的平均月收入/元	离校时掌握的工作能力/%	工作能力的能力满足度/%	工作与专业对口率/%	平均求职成本/元	每拿到一份工作录用信所需要的求职份数	选择该专业的首要理由
5103	畜牧兽医类	510301	畜牧兽医	84.5	1908	49	83	74	826	2	该专业将来就业容易
		510305	兽医	87.2	1883	45	75	86	410	2	该专业将来就业容易
		510307	动物防疫与检疫	83.3	1677	45	80	52	660	2	该专业将来就业容易
		510398	动物药学	88.2	2158	47	86	48	1180	2	—

注：个别专业因样本不足，数据暂缺。

数据来源：麦可思-中国 2009 届大学毕业生求职与工作能力调查

表 2-3　2010 年度高职交通运输大类主要专业（小类）各项就业指标

专业中类代码	专业中类名称	专业小类代码	专业小类名称	毕业半年后的就业率/%	毕业半年后的平均月收入/元	离校时掌握的工作能力/%	工作能力的能力满足度/%	工作与专业对口率/%	平均求职成本/元	每拿到一份工作录用信所需要的求职份数	选择该专业的首要理由
5201	公路运输类	520102	高等级公路维护与管理	95.7	2181	46	81	80	870	3	该专业将来就业容易
		520104	汽车运用技术	90.4	2056	51	83	71	986	4	该专业将来就业容易
		520107	公路监理	96.8	2168	49	80	90	463	2	该专业将来就业容易
		520108	道路桥梁工程技术	94.7	2430	52	86	88	804	3	该专业将来就业容易
5202	铁道运输类	520208	铁道工程技术	97.0	2326	53	92	87	520	2	该专业将来就业容易
5204	水上运输类	520401	航海技术	82.4	4065	54	88	89	955	2	该专业将来就业容易
		520403	国际航运业务管理	90.6	2000	49	81	64	1276	17	该专业将来就业容易
		520405	轮机工程技术	79.1	2859	49	86	82	902	2	该专业将来就业容易
		520406	船舶工程技术	89.8	2231	46	82	83	572	2	该专业将来就业容易

专业中类代码	专业中类名称	专业小类代码	专业小类名称	毕业半年后的就业率/%	毕业半年后的平均月收入/元	离校时掌握的工作能力/%	工作能力的能力满足度/%	工作与专业对口率/%	平均求职成本/元	每拿到一份工作录用信所需要的求职份数	选择该专业的首要理由
5205	民航运输类	520501	民航运输	87.0	2284	49	86	68	1075	6	该专业将来就业容易
		520503	空中乘务	85.3	3427	52	87	39	1356	3	该专业就业收入较高
		520504	航空服务	78.5	2040	47	87	27	1119	2	该专业就业收入较高
		520506	航空机电设备维修	89.7	3191	53	84	86	1047	4	该专业将来就业容易
		520507	航空电子设备维修	82.1	2830	53	80	83	1302	3	该专业将来就业容易
		520511	民航安全技术管理	94.2	2522	47	86	84	1051	2	该专业将来就业容易
5206	港口运输类	520601	港口业务管理	84.7	2080	47	83	62	1082	4	该专业将来就业容易
		520602	港口物流设备与自动控制	86.1	2220	50	83	57	810	15	该专业将来就业容易
		520605	报关与国际货运	87.8	1790	48	85	51	1087	7	该专业将来就业容易

注:个别专业因样本不足,数据暂缺。

数据来源:麦可思-中国 2009 届大学毕业生求职与工作能力调查

表 2-4 2010 年度高职生化与药品大类主要专业(小类)各项就业指标

专业中类代码	专业中类名称	专业小类代码	专业小类名称	毕业半年后的就业率/%	毕业半年后的平均月收入/元	离校时掌握的工作能力/%	工作能力的能力满足度/%	工作与专业对口率/%	平均求职成本/元	每拿到一份工作录用信所需要的求职份数	选择该专业的首要理由
5301	生物技术类	530101	生物技术及应用	85.2	1724	49	85	52	917	6	兴趣爱好
		530103	生物化工工艺	94.5	1927	49	91	54	690	3	兴趣爱好

续表

专业中类代码	专业中类名称	专业小类代码	专业小类名称	毕业半年后的就业率/%	毕业半年后的平均月收入/元	离校时掌握的工作能力/%	工作能力的能力满足度/%	工作与专业对口率/%	平均求职成本/元	每拿到一份工作录用信所需的求职份数	选择该专业的首要理由
5302	化工技术类	530201	应用化工技术	91.9	2009	49	86	65	897	4	该专业将来就业容易
		530202	有机化工生产技术	91.0	2082	49	84	77	824	3	该专业将来就业容易
		530205	精细化学品生产技术	91.6	2093	50	85	66	785	3	该专业将来就业容易
		530206	石油化工生产技术	93.2	2722	52	87	94	452	3	该专业将来就业容易
		530208	工业分析与检验	93.1	1919	49	89	58	943	6	该专业将来就业容易
		530209	化工设备维修技术	93.8	1861	49	88	63	724	2	该专业将来就业容易
		530298	精细化工	89.3	1930	44	77	56	1233	4	该专业将来就业容易
5303	制药技术类	530301	生化制药技术	83.0	1720	49	85	68	1192	2	该专业将来就业容易
		530302	生物制药技术	94.4	1846	52	88	62	974	4	兴趣爱好
		530303	化学制药技术	93.3	2071	51	86	62	855	4	该专业将来就业容易
		530305	药物制剂技术	97.8	2119	49	88	87	924	7	该专业将来就业容易
		530306	药物分析技术	96.2	2008	45	82	66	1114	5	—

注：个别专业因样本不足，数据暂缺。

数据来源：麦可思-中国2009届大学毕业生求职与工作能力调查

表2-5 2010年度高职资源开发与测绘大类主要专业（小类）各项就业指标

专业中类代码	专业中类名称	专业小类代码	专业小类名称	毕业半年后的就业率/%	毕业半年后的平均月收入/元	离校时掌握的工作能力/%	工作能力的能力满足度/%	工作与专业对口率/%	平均求职成本/元	每拿到一份工作录用信所需要的求职份数	选择该专业的首要理由
5404	石油与天然气类	540403	油气储运技术	98.6	2267	50	95	94	422	5	该专业将来就业容易
		540499	石油工程	93.3	2947	49	80	89	765	2	该专业将来就业容易

专业中类代码	专业中类名称	专业小类代码	专业小类名称	毕业半年后的就业率/%	毕业半年后的平均月收入/元	离校时掌握的工作能力/%	工作能力的能力满足度/%	工作与专业对口率/%	平均求职成本/元	每拿到一份工作录用信所需要的求职份数	选择该专业的首要理由
5406	测绘类	540601	工程测量技术	87.9	2395	52	89	87	942	2	大学调剂

注：个别专业因样本不足，数据暂缺。

数据来源：麦可思-中国2009届大学毕业生求职与工作能力调查

表2-6　2010年度高职材料与能源大类主要专业(小类)各项就业指标

专业中类代码	专业中类名称	专业小类代码	专业小类名称	毕业半年后的就业率/%	毕业半年后的平均月收入/元	离校时掌握的工作能力/%	工作能力的能力满足度/%	工作与专业对口率/%	平均求职成本/元	每拿到一份工作录用信所需要的求职份数	选择该专业的首要理由
5501	材料类	550102	冶金技术	84.6	1791	45	82	68	1178	4	该专业将来就业容易
		550103	高分子材料应用技术	94.9	2294	48	80	55	762	4	该专业将来就业容易
		550105	材料工程技术	93.1	1929	51	90	54	750	5	该专业将来就业容易
5502	能源类	550201	热能动力设备与应用	90.7	2411	54	97	80	935	5	该专业就业收入较高
		550204	制冷与冷藏技术	87.4	1957	50	83	65	842	4	该专业将来就业容易
		550299	制冷与空调技术	91.5	1880	49	80	72	927	3	该专业将来就业容易
5503	电力技术类	550301	发电厂及电力系统	92.5	1788	44	73	80	603	6	该专业将来就业容易
		550303	电厂热能动力装置	98.6	1887	47	82	82	688	3	该专业将来就业容易

注：个别专业因样本不足，数据暂缺。

数据来源：麦可思-中国2009届大学毕业生求职与工作能力调查

表 2-7 2010 年度高职土建大类主要专业(小类)各项就业指标

专业中类代码	专业中类名称	专业小类代码	专业小类名称	毕业半年后的就业率/%	毕业半年后的平均月收入/元	离校时掌握的工作能力/%	工作能力的能力满足度/%	工作与专业对口率/%	平均求职成本/元	每拿到一份工作录用信所需要的求职份数	选择该专业的首要理由
5601	建筑设计类	560101	建筑设计技术	83.7	1880	50	82	71	1001	12	兴趣爱好
		560102	建筑装饰工程技术	89.6	1968	49	81	70	1019	4	兴趣爱好
		560104	室内设计技术	90.2	2161	49	79	75	941	3	兴趣爱好
		560105	环境艺术设计	84.8	1938	51	84	58	1109	5	兴趣爱好
		560106	园林工程技术	80.6	1693	50	87	55	844	5	兴趣爱好
5603	土建施工类	560301	建筑工程技术	87.6	1980	51	84	86	1000	5	该专业将来就业容易
		560302	地下工程与隧道工程技术	94.9	2480	55	89	91	736	2	该专业将来就业容易
5604	建筑设备类	560402	供热通风与空调工程技术	92.9	2099	48	84	80	903	2	该专业将来就业容易
		560404	楼宇智能化工程技术	91.2	1960	51	85	66	881	3	大学调剂
5605	工程管理类	560501	建筑工程管理	87.5	1902	50	81	80	1009	3	该专业将来就业容易
		560502	工程造价	90.3	1916	49	81	81	967	5	该专业将来就业容易
		560504	工程监理	88.9	2028	53	87	79	935	4	该专业将来就业容易
5606	市政工程类	560603	给排水工程技术	90.0	1796	46	77	70	1152	4	—
		560697	工业与民用建筑	86.6	1779	50	85	91	910	14	该专业将来就业容易
5607	房地产类	560701	房地产经营与估价	88.9	2212	52	86	63	1007	4	兴趣爱好
		560702	物业管理	87.1	1702	49	86	55	833	4	该专业将来就业容易

注：个别专业因样本不足，数据暂缺。

数据来源：麦可思-中国 2009 届大学毕业生求职与工作能力调查

表 2-8　2010 年度高职水利大类主要专业(小类)各项就业指标

专业中类代码	专业中类名称	专业小类代码	专业小类名称	毕业半年后的就业率/%	毕业半年后的平均月收入/元	离校时掌握的工作能力/%	工作能力的能力满足度/%	工作与专业对口率/%	平均求职成本/元	每拿到一份工作录用信所需要的求职份数	选择该专业的首要理由
5702	水利工程与管理类	570201	水利工程	86.2	1968	49	84	78	1021	7	该专业将来就业容易
		570203	水利水电建筑工程	84.3	2109	46	84	81	1217	5	—

注：个别专业因样本不足，数据暂缺。

数据来源：麦可思-中国 2009 届大学毕业生求职与工作能力调查

表 2-9　2010 年度高职制造大类主要专业(小类)各项就业指标

专业中类代码	专业中类名称	专业小类代码	专业小类名称	毕业半年后的就业率/%	毕业半年后的平均月收入/元	离校时掌握的工作能力/%	工作能力的能力满足度/%	工作与专业对口率/%	平均求职成本/元	每拿到一份工作录用信所需要的求职份数	选择该专业的首要理由
5801	机械设计制造类	580101	机械设计与制造	88.3	1816	48	87	53	1129	6	该专业将来就业容易
		580102	机械制造与自动化	87.8	1893	48	86	59	996	7	该专业将来就业容易
		580103	数控技术	88.1	1910	48	86	46	1090	4	该专业将来就业容易
		580106	模具设计与制造	88.8	1945	48	84	50	1148	7	该专业将来就业容易
		580107	材料成型与控制技术	95.6	2474	48	85	64	868	2	该专业将来就业容易
		580108	焊接技术及自动化	93.2	2154	48	90	76	893	4	该专业将来就业容易
		580109	工业设计	92.1	2188	51	87	53	832	4	兴趣爱好
		580110	计算机辅助设计与制造	88.4	1932	46	80	50	915	7	该专业将来就业容易

专业中类代码	专业中类名称	专业小类代码	专业小类名称	毕业半年后的就业率/%	毕业半年后的平均月收入/元	离校时掌握的工作能力/%	工作能力的能力满足度/%	工作与专业对口率/%	平均求职成本/元	每拿到一份工作录用信所需要的求职份数	选择该专业的首要理由
5802	自动化类	580201	机电一体化技术	88.5	1925	48	84	56	1012	5	该专业将来就业容易
		580202	电气自动化技术	90.0	1958	49	85	56	1039	8	该专业将来就业容易
		580203	生产过程自动化技术	92.6	1996	48	85	64	955	4	该专业将来就业容易
		580204	电力系统自动化技术	80.5	2109	51	84	65	846	7	该专业将来就业容易
		580205	计算机控制技术	89.1	1964	46	79	36	836	6	大学调剂
		580207	检测技术及应用	90.5	1856	44	74	55	952	6	—
5803	机电设备类	580301	机电设备维修与管理	92.3	2049	48	86	51	851	4	该专业将来就业容易
		580302	数控设备应用与维护	88.8	1926	45	81	44	1123	6	该专业将来就业容易
5804	汽车类	580401	汽车制造与装配技术	87.3	1878	47	78	58	815	2	该专业将来就业容易
		580402	汽车检测与维修技术	86.5	1778	49	84	64	1000	4	该专业将来就业容易
		580403	汽车电子技术	88.7	2001	52	83	52	1110	4	兴趣爱好
		580405	汽车技术服务与营销	88.0	2208	50	81	66	1187	4	兴趣爱好
		580406	汽车整形技术	86.5	1971	52	82	75	886	10	—

注：个别专业因样本不足，数据暂缺。

数据来源：麦可思-中国 2009 届大学毕业生求职与工作能力调查

表 2-10　2010 年度高职电子信息大类主要专业(小类)各项就业指标

专业中类代码	专业中类名称	专业小类代码	专业小类名称	毕业半年后的就业率/%	毕业半年后的平均月收入/元	离校时掌握的工作能力/%	工作能力的能力满足度/%	工作与专业对口率/%	平均求职成本/元	每拿到一份工作录用信所需要的求职份数	选择该专业的首要理由
5901	计算机类	590101	计算机应用技术	85.6	1794	49	84	44	1061	7	兴趣爱好
		590102	计算机网络技术	83.9	1804	49	83	42	1163	8	兴趣爱好
		590103	计算机多媒体技术	82.3	1729	50	85	46	1124	5	兴趣爱好
		590104	计算机系统维护	91.2	1878	46	81	51	1141	7	兴趣爱好
		590106	计算机信息管理	84.8	1759	49	84	41	1090	7	兴趣爱好
		590107	网络系统管理	81.7	1847	49	82	47	1263	6	兴趣爱好
		590108	软件技术	88.0	2013	50	83	52	1109	7	兴趣爱好
		590109	图形图像制作	87.7	1556	48	83	61	720	26	兴趣爱好
		590110	动漫设计与制作	83.5	2062	55	86	47	1142	6	兴趣爱好
		590166	信息工程与网络技术	88.7	1887	53	96	21	914	4	—
		590189	计算机科学与技术	74.2	2072	47	82	42	1113	6	兴趣爱好
		590196	计算机应用与维护	85.2	1980	53	88	52	1155	5	兴趣爱好
5902	电子信息类	590201	电子信息工程技术	87.0	1991	50	85	40	1103	5	该专业将来就业容易
		590202	应用电子技术	88.6	1922	49	84	42	1058	6	该专业将来就业容易
		590210	微电子技术	93.4	2078	49	88	47	1109	4	该专业将来就业容易
		590262	电子表面组装技术	87.5	2187	46	83	57	943	23	大学调剂
5903	通信类	590301	通信技术	89.2	2065	50	84	51	893	6	该专业将来就业容易
		590302	移动通信技术	88.0	2450	43	77	57	806	17	—

注：个别专业因样本不足,数据暂缺。

数据来源：麦可思-中国 2009 届大学毕业生求职与工作能力调查

表2-11 2010年度高职环保、气象与安全大类主要专业(小类)各项就业指标

专业中类代码	专业中类名称	专业小类代码	专业小类名称	毕业半年后的就业率/%	毕业半年后的平均月收入/元	离校时掌握的工作能力/%	工作能力的能力满足度/%	工作与专业对口率/%	平均求职成本/元	每拿到一份工作录用信所需要的求职份数	选择该专业的首要理由
6001	环保类	600101	环境监测与治理技术	86.0	1867	50	85	38	1116	12	兴趣爱好

注:个别专业因样本不足,数据暂缺。

数据来源:麦可思-中国2009届大学毕业生求职与工作能力调查

表2-12 2010年度高职轻纺食品大类主要专业(小类)各项就业指标

专业中类代码	专业中类名称	专业小类代码	专业小类名称	毕业半年后的就业率/%	毕业半年后的平均月收入/元	离校时掌握的工作能力/%	工作能力的能力满足度/%	工作与专业对口率/%	平均求职成本/元	每拿到一份工作录用信所需要的求职份数	选择该专业的首要理由
6101	轻化工类	610101	染整技术	92.0	1847	50	89	69	810	3	该专业将来就业容易
		610102	高分子材料加工技术	89.2	1975	46	85	46	696	3	该专业将来就业容易
6102	纺织服装类	610201	现代纺织技术	91.8	1750	47	81	59	835	5	该专业将来就业容易
		610204	服装设计	86.6	1824	48	86	61	1078	4	兴趣爱好
		610208	纺织品检验与贸易	97.2	1727	47	82	62	855	9	该专业将来就业容易
6103	食品类	610302	食品营养与检测	91.4	1659	50	84	48	870	4	兴趣爱好

注:个别专业因样本不足,数据暂缺。

数据来源:麦可思-中国2009届大学毕业生求职与工作能力调查

表2-13 2010年度高职财经大类主要专业(小类)各项就业指标

专业中类代码	专业中类名称	专业小类代码	专业小类名称	毕业半年后的就业率/%	毕业半年后的平均月收入/元	离校时掌握的工作能力/%	工作能力的能力满足度/%	工作与专业对口率/%	平均求职成本/元	每拿到一份工作录用信所需要的求职份数	选择该专业的首要理由
6201	财政金融类	620103	金融管理与实务	85.5	1907	49	82	56	1369	4	该专业将来就业容易
		620104	国际金融	77.0	2117	49	87	51	967	2	—
		620106	金融保险	80.3	1717	49	84	49	1130	5	该专业将来就业容易
		620109	资产评估与管理	85.1	1655	46	84	44	1292	19	根据职业规划选择的
		620111	投资与理财	90.6	1991	50	85	54	1217	10	兴趣爱好

专业中类代码	专业中类名称	专业小类代码	专业小类名称	毕业半年后的就业率/%	毕业半年后的平均月收入/元	离校时掌握的工作能力/%	工作能力的能力满足度/%	工作与专业对口率/%	平均求职成本/元	每拿到一份工作录用信所需要的求职份数	选择该专业的首要理由
6202	财务会计类	620201	财务管理	89.5	1709	49	85	66	894	8	该专业将来就业容易
		620203	会计	90.6	1740	49	85	72	836	6	该专业将来就业容易
		620204	会计电算化	88.7	1632	50	85	67	971	6	该专业将来就业容易
		620205	会计与统计核算	93.1	1684	50	85	68	1178	3	—
		620206	会计与审计	90.3	1759	50	85	72	945	6	该专业将来就业容易
		620293	税务会计	97.1	1870	47	85	83	609	8	该专业将来就业容易
		620297	涉外会计	90.1	2007	51	85	68	744	8	该专业将来就业容易
6203	经济贸易类	620301	经济管理	77.8	1603	46	82	59	896	3	—
		620302	经济信息管理	88.3	1927	49	84	54	814	2	兴趣爱好
		620303	国际经济与贸易	88.0	1961	48	83	43	1201	11	兴趣爱好
		620304	国际贸易实务	90.2	1924	48	82	47	1084	5	该专业将来就业容易
		620305	国际商务	85.6	1870	49	87	42	1014	4	该专业将来就业容易
6204	市场营销类	620401	市场营销	90.4	2171	51	83	65	1097	3	该专业将来就业容易
		620402	市场开发与营销	92.8	2103	54	87	64	1136	4	兴趣爱好
		620403	营销与策划	87.5	2049	51	83	61	928	4	兴趣爱好
		620404	医药营销	87.9	1875	52	89	59	925	4	—
		620405	电子商务	85.8	1829	50	84	33	1069	4	兴趣爱好
6205	工商管理类	620501	工商企业管理	86.5	1933	52	88	44	1075	5	兴趣爱好
		620502	工商行政管理	90.6	1800	48	86	34	827	8	—
		620503	商务管理	91.7	1957	48	88	46	1038	5	兴趣爱好
		620504	连锁经营管理	89.2	1883	50	84	47	846	3	该专业将来就业容易
		620505	物流管理	88.0	1885	49	85	48	1047	6	该专业将来就业容易
		620599	工商管理	77.3	2055	51	84	46	1010	7	兴趣爱好

注：个别专业因样本不足，数据暂缺。

数据来源：麦可思-中国2009届大学毕业生求职与工作能力调查

表 2-14 2010 年度高职医药卫生大类主要专业(小类)各项就业指标

专业中类代码	专业中类名称	专业小类代码	专业小类名称	毕业半年后的就业率/%	毕业半年后的平均月收入/元	离校时掌握的工作能力/%	工作能力的能力满足度/%	工作与专业对口率/%	平均求职成本/元	每拿到一份工作录用信所需要的求职份数	选择该专业的首要理由
6301	临床医学类	630101	临床医学	71.5	1297	51	85	78	1220	3	兴趣爱好
		630102	口腔医学	65.3	1354	49	82	87	1232	2	该专业将来就业容易
		630103	中医学	74.6	1366	53	86	83	966	7	兴趣爱好
		630107	中西医结合	56.3	1221	48	85	66	1487	3	兴趣爱好
6302	护理类	630201	护理	84.6	1426	53	86	87	1168	3	该专业将来就业容易
6303	药学类	630301	药学	87.9	1634	51	88	82	1013	2	该专业将来就业容易
		630302	中药	94.8	1777	48	83	74	829	2	—
6304	医学技术类	630401	医学检验技术	90.3	1697	55	91	96	823	12	该专业将来就业容易
		630403	医学影像技术	78.9	1552	52	84	87	1488	3	该专业将来就业容易
		630405	康复治疗技术	87.1	1522	53	85	81	994	3	—
		630406	口腔医学技术	68.3	1327	46	81	58	973	2	—
		630408	医疗美容技术	90.3	2579	50	88	76	1325	2	该专业将来就业容易

注:个别专业因样本不足,数据暂缺。

数据来源:麦可思-中国 2009 届大学毕业生求职与工作能力调查

表 2-15 2010 年度高职旅游大类主要专业(小类)各项就业指标

专业中类代码	专业中类名称	专业小类代码	专业小类名称	毕业半年后的就业率/%	毕业半年后的平均月收入/元	离校时掌握的工作能力/%	工作能力的能力满足度/%	工作与专业对口率/%	平均求职成本/元	每拿到一份工作录用信所需要的求职份数	选择该专业的首要理由
6401	旅游管理类	640101	旅游管理	88.1	1861	51	86	53	956	4	兴趣爱好
		640102	涉外旅游	83.6	1759	53	87	56	809	4	兴趣爱好
		640103	导游	92.8	2300	52	89	72	542	2	兴趣爱好
		640105	景区开发与管理	94.6	2114	54	86	43	414	2	—
		640106	酒店管理	89.8	1959	50	86	65	781	3	该专业将来就业容易
		640198	会展策划与管理	95.9	2161	51	89	29	1006	9	兴趣爱好

续表

专业中类代码	专业中类名称	专业小类代码	专业小类名称	毕业半年后的就业率/%	毕业半年后的平均月收入/元	离校时掌握的工作能力/%	工作能力的能力满足度/%	工作与专业对口率/%	平均求职成本/元	每拿到一份工作录用信所需要的求职份数	选择该专业的首要理由
6402	餐饮管理与服务类	640202	烹饪工艺与营养	90.4	1929	53	92	74	658	3	该专业将来就业容易

注：个别专业因样本不足，数据暂缺。

数据来源：麦可思-中国 2009 届大学毕业生求职与工作能力调查

表 2-16 2010 年度高职文化教育大类主要专业（小类）各项就业指标

专业中类代码	专业中类名称	专业小类代码	专业小类名称	毕业半年后的就业率/%	毕业半年后的平均月收入/元	离校时掌握的工作能力/%	工作能力的能力满足度/%	工作与专业对口率/%	平均求职成本/元	每拿到一份工作录用信所需要的求职份数	选择该专业的首要理由
6601	语言文化类	660102	应用英语	88.6	1876	49	84	45	1053	6	兴趣爱好
		660103	应用日语	84.7	1969	48	84	36	882	7	兴趣爱好
		660107	应用韩语	85.2	1699	47	80	36	1070	5	兴趣爱好
		660108	商务英语	88.2	1852	48	85	49	950	6	兴趣爱好
		660109	旅游英语	89.2	1872	48	83	52	852	3	兴趣爱好
		660110	商务日语	87.1	1943	47	83	36	1193	8	兴趣爱好
		660111	旅游日语	84.0	2326	48	85	49	967	2	兴趣爱好
		660112	文秘	90.2	1691	49	84	55	917	4	兴趣爱好
		660172	日语	76.8	2032	48	85	27	1683	7	兴趣爱好
		660199	英语	84.7	1643	49	81	47	826	11	兴趣爱好
6602	教育类	660201	语文教育	79.6	1894	52	82	81	1114	2	兴趣爱好
		660202	数学教育	81.6	1799	56	89	68	1012	4	兴趣爱好
		660203	英语教育	86.5	1685	52	87	64	1033	3	兴趣爱好
		660209	音乐教育	78.9	2087	55	89	67	1064	2	兴趣爱好
		660210	美术教育	89.7	1737	48	81	67	1350	2	兴趣爱好
		660211	体育教育	79.2	2061	57	97	57	1223	2	兴趣爱好
		660213	初等教育	83.6	1753	57	91	67	1342	4	兴趣爱好
		660214	学前教育	94.1	1501	55	87	87	738	2	该专业将来就业容易
		660215	现代教育技术	78.7	1697	57	85	59	1262	3	兴趣爱好
		660294	小学教育	82.9	2121	53	84	65	872	6	兴趣爱好

注：个别专业因样本不足，数据暂缺。

数据来源：麦可思-中国 2009 届大学毕业生求职与工作能力调查

表 2-17　2010 年度高职艺术设计传媒大类主要专业(小类)各项就业指标

专业中类代码	专业中类名称	专业小类代码	专业小类名称	毕业半年后的就业率/%	毕业半年后的平均月收入/元	离校时掌握的工作能力/%	工作能力的能力满足度/%	工作与专业对口率/%	平均求职成本/元	每拿到一份工作录用信所需的求职份数	选择该专业的首要理由
6701	艺术设计类	670101	艺术设计	85.9	1833	50	81	57	933	5	兴趣爱好
		670102	产品造型设计	88.2	2202	52	87	57	1015	3	兴趣爱好
		670103	视觉传达	85.4	1865	51	86	70	979	3	兴趣爱好
		670104	电脑艺术设计	80.3	1886	50	83	64	1027	5	兴趣爱好
		670105	人物形象设计	83.4	2124	51	84	75	1312	2	兴趣爱好
		670106	装潢艺术设计	83.6	1756	49	79	63	1200	2	兴趣爱好
		670107	装饰艺术设计	85.1	1847	48	79	55	1100	8	兴趣爱好
		670109	珠宝首饰工艺及鉴定	86.1	1961	50	86	56	1022	5	该专业将来就业容易
		670112	广告设计与制作	86.1	1912	48	82	57	929	5	兴趣爱好
		670113	多媒体设计与制作	90.7	2215	50	85	61	818	5	兴趣爱好
6703	广播影视类	670305	影视动画	83.1	2021	50	83	57	986	4	兴趣爱好
		670308	新闻采编与制作	87.4	1826	54	90	46	878	4	兴趣爱好

注：个别专业因样本不足,数据暂缺。

数据来源：麦可思-中国 2009 届大学毕业生求职与工作能力调查

表 2-18　2010 年度高职法律大类主要专业(小类)各项就业指标

专业中类代码	专业中类名称	专业小类代码	专业小类名称	毕业半年后的就业率/%	毕业半年后的平均月收入/元	离校时掌握的工作能力/%	工作能力的能力满足度/%	工作与专业对口率/%	平均求职成本/元	每拿到一份工作录用信所需的求职份数	选择该专业的首要理由
6901	法律实务类	690104	法律事务	78.3	1675	54	90	28	1072	6	兴趣爱好
		690102	法律文秘	72.4	1630	53	89	47	883	5	兴趣爱好

注：个别专业因样本不足,数据暂缺。

数据来源：麦可思-中国 2009 届大学毕业生求职与工作能力调查

2.2　"热选专业"是不是就业热门?

"就近读书、当地就业"是绝大多数高职学生的选择。本节提供的分析思想,就是旨在参考了以上各专业就业情况的全国平均水平数据之后,以**地区**为切入点,为已明确就读地区的考生与家长提供专业方面的报考指导。读者通过本节中对各省/直辖市往届高考生的热选专业及就业指标所作的对比,可以了解自己家乡的热选专业有哪些,就业情况又如何。

从本节的表格中可以看出,全国范围内的"热选"虽主要集中在**机电一体化技术、物流管理、数控技术、计算机应用技术、会计、商务英语**等几个专业,但从不同地区分别来看,各地"热选"的专业类别和排序还是有相当区别、并带有明显的地方性特色的(如陕西的高考热选专业多为交通运输类和土建类,来自湖南的考生大多选择水利、制造类专业,旅游英语专业位列重庆市考生热选前五,而上海、广东的高考生则偏向于选择财经及艺术设计传媒类的专业,等等)。

当然,仅仅提供各地热选专业名单,还不能对这些专业的就业情况做出评判。这里需要特别提醒家长和高考生们注意的是,高考填报志愿时大家"追捧"的一些所谓"热门专业"有可能就业遇冷,比如计算机应用技术、商务英语、计算机网络技术、物流管理,等等。虽然这类专业招生量大、供考生选择的机会多,但其毕业生的供给量已经远远超过了市场需求量,存在结构性失业问题。因此,为了给"热选专业是否在就业时也抢手"这一疑问提供数据支持,本节的表格中还附加了各专业毕业生的就业指标。但需要特别说明的是,这些专业的就业指标,并非描述了来自**本省/直辖市的生源**的就业情况,而是在**本省/直辖市就读的大学毕业生**的就业情况。这一方面是考虑到本地生源选择本地大学就读的情况居多,另一方面也是由于就业更多受到大学所在地劳动力市场的影响,而非生源所在地。

读者可以从表格中看出,同一专业在不同省份中的就业情况有时是差距甚远的。例如,在湖南省就读电子商务专业的高职毕业生,毕业半年后的就业率可达 86.7%;而从海南省毕业的电子商务专业高职生,半年后就业率仅为 73.2%。也就是说,统计数据固然可以为专业的就业质量做出客观评判,但具体到每一位高考生与家长,选择一个好的专业还需要更为细致、丰富的维度。例如具体到地区的前瞻性思考。

本节提供的 14 张表格分别为:

● 表 2-19　**安徽省**生源热选高职专业前 10 位(附:在安徽省就读的该专业高职毕业生各项就业指标)

● 表 2-20　**北京市**生源热选高职专业前 10 位(附:在北京市就读的该专业高职毕业生各项就业指标)

● 表 2-21　**重庆市**生源热选高职专业前 10 位(附:在重庆市就读的该专业高职毕业生各项就业指标)

● 表 2-22　**福建省**生源热选高职专业前 10 位(附:在福建省就读的该专业高职毕业生各项就业指标)

● 表 2-23　**广东省**生源热选高职专业前 10 位(附:在广东省就读的该专业高职毕业

27

● 表 2-24　**海南省**生源热选高职专业前 10 位（附：在海南省就读的该专业高职毕业生各项就业指标）

● 表 2-25　**河北省**生源热选高职专业前 10 位（附：在河北省就读的该专业高职毕业生各项就业指标）

● 表 2-26　**河南省**生源热选高职专业前 10 位（附：在河南省就读的该专业高职毕业生各项就业指标）

● 表 2-27　**湖北省**生源热选高职专业前 10 位（附：在湖北省就读的该专业高职毕业生各项就业指标）

● 表 2-28　**湖南省**生源热选高职专业前 10 位（附：在湖南省就读的该专业高职毕业生各项就业指标）

● 表 2-29　**江西省**生源热选高职专业前 10 位（附：在江西省就读的该专业高职毕业生各项就业指标）

● 表 2-30　**山东省**生源热选高职专业前 10 位（附：在山东省就读的该专业高职毕业生各项就业指标）

● 表 2-31　**陕西省**生源热选高职专业前 10 位（附：在陕西省就读的该专业高职毕业生各项就业指标）

● 表 2-32　**上海市**生源热选高职专业前 10 位（附：在上海市就读的该专业高职毕业生各项就业指标）

如果读者对其中的某些专业很感兴趣，就可以开始对这些专业做资料收集，比如专业介绍、培养方向、某大学设有该专业的就业情况等。总之在填报志愿之前做的"准备功课"越多，才可能综合各种信息、进行全面的考虑和权衡，最终确定最适合的志愿填报方案。

表 2-19　安徽省生源热选高职专业前 10 位
（附：在安徽省就读的该专业高职毕业生各项就业指标）

热选排序	专业代码	安徽省生源热选的高职专业名称	在安徽省就读的该专业高职毕业生各项就业指标				
			毕业半年后就业率/%	毕业半年后平均月收入/元	工作与专业对口率/%	平均求职成本/元	每拿到一份工作录用信所需要的求职份数
1	580201	机电一体化技术	85.4	1824	56	1432	3
2	620505	物流管理	92.0	2411	59	1160	10
3	580202	电气自动化技术	93.0	1942	50	1314	8
4	590101	计算机应用技术	90.2	1863	51	1183	7
5	580103	数控技术	91.3	1900	57	1525	3
6	620405	电子商务	84.0	2200	53	1343	8
7	620401	市场营销	83.3	2289	60	1125	4
8	590202	应用电子技术	83.6	1993	41	1868	7
9	660108	商务英语	90.5	1915	65	1564	3
10	580106	模具设计与制造	76.5	1775	69	1275	3

注：个别专业因样本不足，数据暂缺。

数据来源：麦可思-中国 2009 届大学毕业生求职与工作能力调查

表 2-20　北京市生源热选高职专业前 10 位

（附：在北京市就读的该专业高职毕业生各项就业指标）

热选排序	专业代码	北京市生源热选的高职专业名称	在北京市就读的该专业高职毕业生各项就业指标				
			毕业半年后就业率/%	毕业半年后平均月收入/元	工作与专业对口率/%	平均求职成本/元	每拿到一份工作录用信所需要的求职份数
1	590101	计算机应用技术	72.1	1907	50	738	7
2	620203	会计	89.1	1942	76	972	8
3	590102	计算机网络技术	80.0	1556	38	822	19
4	530101	生物技术及应用	89.7	1778	70	525	6
5	620505	物流管理	75.0	1848	38	1100	19
6	590108	软件技术	81.3	1985	45	904	5
7	620405	电子商务	83.3	1893	29	1178	8
8	660108	商务英语	90.6	2061	29	842	16
9	560702	物业管理	89.5	1841	56	833	3
10	580201	机电一体化技术	90.5	2124	71	1047	4

注：个别专业因样本不足，数据暂缺。

数据来源：麦可思-中国 2009 届大学毕业生求职与工作能力调查

表 2-21　重庆市生源热选高职专业前 10 位

（附：在重庆市就读的该专业高职毕业生各项就业指标）

热选排序	专业代码	重庆市生源热选的高职专业名称	在重庆市就读的该专业高职毕业生各项就业指标				
			毕业半年后就业率/%	毕业半年后平均月收入/元	工作与专业对口率/%	平均求职成本/元	每拿到一份工作录用信所需要的求职份数
1	660108	商务英语	79.6	1846	31	892	10
2	620405	电子商务	75.9	2173	36	845	3
3	560502	工程造价	90.0	1653	76	850	4
4	660109	旅游英语	81.5	2147	52	633	6
5	590101	计算机应用技术	80.6	2373	50	1654	6
6	560701	房地产经营与估价	77.8	2472	64	442	5
7	660102	应用英语	87.1	1652	27	1074	13
8	560102	建筑装饰工程技术	76.9	2235	70	1178	3
9	620302	经济信息管理	78.6	1617	55	1344	4
10	590102	计算机网络技术	74.0	1629	38	1032	10

注：个别专业因样本不足，数据暂缺。

数据来源：麦可思-中国 2009 届大学毕业生求职与工作能力调查

表 2-22 福建省生源热选高职专业前 10 位

（附：在福建省就读的该专业高职毕业生各项就业指标）

热选排序	专业代码	福建省生源热选的高职专业名称	在福建省就读的该专业高职毕业生各项就业指标				
			毕业半年后就业率/%	毕业半年后平均月收入/元	工作与专业对口率/%	平均求职成本/元	每拿到一份工作录用信所需要的求职份数
1	620505	物流管理	84.4	1771	38	1246	18
2	620204	会计电算化	92.7	1664	70	1112	6
3	660108	商务英语	95.5	1855	63	616	16
4	620203	会计	87.5	1548	62	640	7
5	590101	计算机应用技术	82.1	1545	56	1052	10
6	590108	软件技术	85.4	1980	44	574	4
7	580201	机电一体化技术	81.3	1764	62	991	6
8	590102	计算机网络技术	85.7	1725	56	1185	3
9	590107	网络系统管理	80.8	1725	69	1114	4
10	620304	国际贸易实务	85.7	1637	50	1089	17

注：个别专业因样本不足，数据暂缺。

数据来源：麦可思-中国 2009 届大学毕业生求职与工作能力调查

表 2-23 广东省生源热选高职专业前 10 位

（附：在广东省就读的该专业高职毕业生各项就业指标）

热选排序	专业代码	广东省生源热选的高职专业名称	在广东省就读的该专业高职毕业生各项就业指标				
			毕业半年后就业率/%	毕业半年后平均月收入/元	工作与专业对口率/%	平均求职成本/元	每拿到一份工作录用信所需要的求职份数
1	660108	商务英语	88.2	2188	60	647	10
2	660102	应用英语	87.4	2240	53	785	3
3	670109	珠宝首饰工艺及鉴定	86.7	1764	38	792	8
4	620204	会计电算化	92.8	1900	69	1038	11
5	620505	物流管理	91.3	2061	46	862	5
6	580106	模具设计与制造	89.8	1900	48	800	8
7	560105	环境艺术设计	97.0	2110	67	657	13
8	590101	计算机应用技术	81.3	1907	33	1188	13
9	660110	商务日语	87.3	1805	27	674	11
10	640106	酒店管理	93.3	1840	46	602	5

注：个别专业因样本不足，数据暂缺。

数据来源：麦可思-中国 2009 届大学毕业生求职与工作能力调查

表 2-24　海南省生源热选高职专业前 10 位

（附：在海南省就读的该专业高职毕业生各项就业指标）

热选排序	专业代码	海南省生源热选的高职专业名称	在海南省就读的该专业高职毕业生各项就业指标				
			毕业半年后就业率/%	毕业半年后平均月收入/元	工作与专业对口率/%	平均求职成本/元	每拿到一份工作录用信所需要的求职份数
1	620203	会计	85.0	1744	67	1033	8
2	520104	汽车运用技术	80.9	2184	64	1296	3
3	530301	生化制药技术	78.4	1710	65	1432	4
4	620204	会计电算化	87.8	1644	61	1257	4
5	520605	报关与国际货运	88.0	2021	57	1222	3
6	590106	计算机信息管理	82.4	1695	44	1112	4
7	620405	电子商务	73.2	2200	46	1013	3
8	620401	市场营销	94.3	2869	72	831	3
9	560502	工程造价	90.9	2058	85	636	5
10	620304	国际贸易实务	91.2	2483	50	1207	5

注：个别专业因样本不足，数据暂缺。

数据来源：麦可思-中国 2009 届大学毕业生求职与工作能力调查

表 2-25　河北省生源热选高职专业前 10 位

（附：在河北省就读的该专业高职毕业生各项就业指标）

热选排序	专业代码	河北省生源热选的高职专业名称	在河北省就读的该专业高职毕业生各项就业指标				
			毕业半年后就业率/%	毕业半年后平均月收入/元	工作与专业对口率/%	平均求职成本/元	每拿到一份工作录用信所需要的求职份数
1	620204	会计电算化	81.6	1602	74	837	12
2	580202	电气自动化技术	90.0	1771	69	1025	11
3	580201	机电一体化技术	84.0	1725	76	847	7
4	580103	数控技术	88.5	1785	62	783	4
5	560502	工程造价	84.2	1569	82	1161	17
6	640106	酒店管理	70.6	1567	60	1323	3
7	660108	商务英语	83.7	1473	50	989	5
8	590102	计算机网络技术	82.1	1411	38	1176	11
9	590101	计算机应用技术	79.2	1919	63	820	12
10	620405	电子商务	84.2	1794	56	1256	7

注：个别专业因样本不足，数据暂缺。

数据来源：麦可思-中国 2009 届大学毕业生求职与工作能力调查

表 2-26 河南省生源热选高职专业前 10 位

（附：在河南省就读的该专业高职毕业生各项就业指标）

热选排序	专业代码	河南省生源热选的高职专业名称	在河南省就读的该专业高职毕业生各项就业指标				
			毕业半年后就业率/%	毕业半年后平均月收入/元	工作与专业对口率/%	平均求职成本/元	每拿到一份工作录用信所需要的求职份数
1	580201	机电一体化技术	86.9	1734	65	1060	5
2	590101	计算机应用技术	84.1	1706	51	1384	3
3	620505	物流管理	81.3	1708	69	847	7
4	560301	建筑工程技术	85.9	1917	78	930	4
5	580103	数控技术	80.6	1625	40	1365	5
6	620405	电子商务	75.0	1289	52	1319	7
7	580202	电气自动化技术	89.1	1662	61	1152	6
8	590102	计算机网络技术	91.4	1469	52	1432	5
9	580106	模具设计与制造	76.9	1632	77	1461	18
10	590202	应用电子技术	78.1	1743	55	1287	5

注：个别专业因样本不足，数据暂缺。

数据来源：麦可思-中国 2009 届大学毕业生求职与工作能力调查

表 2-27 湖北省生源热选高职专业前 10 位

（附：在湖北省就读的该专业高职毕业生各项就业指标）

热选排序	专业代码	湖北省生源热选的高职专业名称	在湖北省就读的该专业高职毕业生各项就业指标				
			毕业半年后就业率/%	毕业半年后平均月收入/元	工作与专业对口率/%	平均求职成本/元	每拿到一份工作录用信所需要的求职份数
1	660108	商务英语	91.5	1826	64	791	6
2	580106	模具设计与制造	87.5	1711	53	1308	7
3	580103	数控技术	83.9	1896	35	1204	4
4	580201	机电一体化技术	85.2	1886	52	1295	10
5	590101	计算机应用技术	90.5	1511	37	1196	3
6	620203	会计	91.3	1859	70	953	5
7	620505	物流管理	86.7	1809	42	1125	6
8	590201	电子信息工程技术	88.0	2148	59	1206	7
9	620405	电子商务	80.8	1913	32	1365	5
10	660203	英语教育	79.2	1596	47	1364	4

注：个别专业因样本不足，数据暂缺。

数据来源：麦可思-中国 2009 届大学毕业生求职与工作能力调查

表 2-28 湖南省生源热选高职专业前 10 位

(附：在湖南省就读的该专业高职毕业生各项就业指标)

热选排序	专业代码	湖南省生源热选的高职专业名称	在湖南省就读的该专业高职毕业生各项就业指标				
			毕业半年后就业率/%	毕业半年后平均月收入/元	工作与专业对口率/%	平均求职成本/元	每拿到一份工作录用信所需要的求职份数
1	660108	商务英语	88.1	1880	61	1240	6
2	570201	水利工程	84.4	2181	86	1040	12
3	580204	电力系统自动化技术	73.6	2218	74	881	9
4	560502	工程造价	80.5	1890	61	1242	3
5	620203	会计	92.3	1701	67	1318	3
6	580201	机电一体化技术	83.3	2173	54	910	12
7	620505	物流管理	90.0	1880	47	1225	13
8	580106	模具设计与制造	85.7	1816	72	1527	6
9	590101	计算机应用技术	83.3	1809	60	1850	3
10	620405	电子商务	86.7	1789	50	972	9

注：个别专业因样本不足，数据暂缺。

数据来源：麦可思-中国 2009 届大学毕业生求职与工作能力调查

表 2-29 江西省生源热选高职专业前 10 位

(附：在江西省就读的该专业高职毕业生各项就业指标)

热选排序	专业代码	江西省生源热选的高职专业名称	在江西省就读的该专业高职毕业生各项就业指标				
			毕业半年后就业率/%	毕业半年后平均月收入/元	工作与专业对口率/%	平均求职成本/元	每拿到一份工作录用信所需要的求职份数
1	580106	模具设计与制造	82.4	2007	49	1514	4
2	660108	商务英语	88.2	2020	69	1332	19
3	580103	数控技术	83.3	2110	48	1247	3
4	580201	机电一体化技术	87.8	1973	56	1675	18
5	620405	电子商务	84.5	2182	38	1620	16
6	620505	物流管理	83.8	1964	63	850	7
7	620204	会计电算化	81.3	1842	77	1229	18
8	590202	应用电子技术	80.0	2540	47	1294	14
9	590102	计算机网络技术	78.6	2000	31	1531	5
10	620203	会计	89.3	1870	67	1367	13

注：个别专业因样本不足，数据暂缺。

数据来源：麦可思-中国 2009 届大学毕业生求职与工作能力调查

表 2-30　山东省生源热选高职专业前 10 位

（附：在山东省就读的该专业高职毕业生各项就业指标）

热选排序	专业代码	山东省生源热选的高职专业名称	在山东省就读的该专业高职毕业生各项就业指标				
			毕业半年后就业率/%	毕业半年后平均月收入/元	工作与专业对口率/%	平均求职成本/元	每拿到一份工作录用信所需要的求职份数
1	580201	机电一体化技术	86.1	1745	57	1016	4
2	620204	会计电算化	88.5	1444	69	873	6
3	620505	物流管理	85.0	1699	47	1065	6
4	580103	数控技术	85.7	1725	47	1153	5
5	590101	计算机应用技术	80.9	1556	48	995	5
6	620203	会计	88.9	1509	70	803	7
7	630201	护理	80.6	1299	84	1216	3
8	560301	建筑工程技术	84.6	1671	84	1122	4
9	580202	电气自动化技术	87.7	1810	58	1046	5
10	620405	电子商务	79.2	1690	34	1051	3

注：个别专业因样本不足，数据暂缺。

数据来源：麦可思-中国 2009 届大学毕业生求职与工作能力调查

表 2-31　陕西省生源热选高职专业前 10 位

（附：在陕西省就读的该专业高职毕业生各项就业指标）

热选排序	专业代码	陕西省生源热选的高职专业名称	在陕西省就读的该专业高职毕业生各项就业指标				
			毕业半年后就业率/%	毕业半年后平均月收入/元	工作与专业对口率/%	平均求职成本/元	每拿到一份工作录用信所需要的求职份数
1	620505	物流管理	87.4	1923	49	723	8
2	520108	道路桥梁工程技术	96.2	2666	77	685	2
3	520208	铁道工程技术	96.4	2340	86	523	2
4	560502	工程造价	97.8	2018	75	576	5
5	560301	建筑工程技术	89.8	2271	84	598	6
6	660102	应用英语	92.5	1751	39	1348	4
7	670308	新闻采编与制作	90.4	1750	47	716	4
8	560501	建筑工程管理	85.7	1669	78	624	4
9	620303	国际经济与贸易	89.0	1962	33	1292	9
10	590101	计算机应用技术	88.9	1786	57	1109	11

注：个别专业因样本不足，数据暂缺。

数据来源：麦可思-中国 2009 届大学毕业生求职与工作能力调查

表 2-32 上海市生源热选高职专业前 10 位

(附：在上海市就读的该专业高职毕业生各项就业指标)

热选排序	专业代码	上海市生源热选的高职专业名称	在上海市就读的该专业高职毕业生各项就业指标				
			毕业半年后就业率/%	毕业半年后平均月收入/元	工作与专业对口率/%	平均求职成本/元	每拿到一份工作录用信所需要的求职份数
1	620505	物流管理	85.0	2238	30	929	4
2	590101	计算机应用技术	86.5	2295	28	600	5
3	620203	会计	90.4	2431	70	936	6
4	620305	国际商务	85.7	2164	43	1056	4
5	670101	艺术设计	70.0	2255	33	1226	5
6	520104	汽车运用技术	88.0	2358	62	783	7
7	520605	报关与国际货运	90.9	1914	40	738	7
8	580201	机电一体化技术	84.1	2208	36	1369	4
9	660102	应用英语	73.7	2267	45	688	10
10	660108	商务英语	80.0	2650	49	1629	3

注：个别专业因样本不足，数据暂缺。

数据来源：麦可思-中国 2009 届大学毕业生求职与工作能力调查

2.3 高职专业有"红黄绿牌"

填报高考志愿时，家长往往因经验和知识的局限，引导孩子选择所谓的"热门"专业，殊不知目前有很多热门专业都供大于求，就业遭冷遇。

麦可思撰写的《2010 年中国大学毕业生就业报告》(就业蓝皮书)分析指出：毕业生人数最多的 10 个高职专业的 2009 届大学生在毕业半年后的失业人数达到 12.50 万，占了高职毕业生总失业人数的 30.2%。其中有 7 个专业是连续三届(2007—2009 届)失业人数最多的专业：计算机应用技术、机电一体化技术、电子商务、会计电算化、物流管理、计算机网络技术、商务英语。调查还表明，毕业半年后，高职专业的平均就业率是 85.2%，但是，很多热门专业的就业率并没有达到这个水平。

实际上，从就业情况来看，专业的"冷"与"热"并不是一成不变的。随着经济的发展，人才需求状况总在发生变化，再好的专业也有可能出现人才饱和的现象。热门专业不一定是就业热门，冷门专业在就业时也可能反而变得抢手。高考考生在选择专业时要全面了解相关信息，理性分析，慎重取舍。

下面为读者提供的是麦可思(MyCOS)总结的 2009 年和 2010 年中国大学"红黄绿牌"高职专业名单(如表 2-33 所示)，它综合了从 2007 届到 2009 届的历年大学生就业报告。其中需要说明的是，"红牌"专业是从失业量较大，就业率持续走低且薪资较低的专业中经综合考虑挑选的前 10 个专业,为高失业风险型专业;**"黄牌"**专业是除"红牌"专业外,失业量较大,就业率持续走低且薪资较低的专业(经综合考虑);**"绿牌"**专业是薪资、就业率持续走高且失业量较低的专业(经综合考虑),为需求增长型专业。

从名单中可以看出,法律事务、计算机应用技术、电子商务三个专业是连续两年登上红牌榜的专业。

表 2-33　2009 年和 2010 年中国"红黄绿牌"高职专业名单

红牌高职专业		黄牌高职专业		绿牌高职专业	
2010 年	2009 年	2010 年	2009 年	2010 年	2009 年
临床医学	计算机应用技术	计算机网络技术	软件技术	道路桥梁工程技术	生物制药技术
法律文秘	机电一体化技术	计算机信息管理	应用英语	生产过程自动化技术	通信技术
计算机科学与技术	电子商务	物流管理	数控技术	应用化工技术	电气自动化技术
国际金融	会计电算化	商务英语	计算机信息管理	焊接技术及自动化	供热通风与空调工程技术
工商管理	计算机网络技术	会计电算化	模具设计与制造	楼宇智能化工程技术	
经济管理	商务英语		旅游管理		
＊法律事务	法律事务				
汉语言文学教育	临床医学				
＊计算机应用技术					
＊电子商务					

注:加 ＊ 号的为连续两年上红牌榜的专业。

数据来源:麦可思-中国 2007—2009 届大学毕业生求职与工作能力调查

本节接下来为读者提供三张"警示"型专业名单,即在填报高考志愿时需留意和谨慎选择的就业率偏低、月收入偏低和求职成本较高的高职专业。希望通过这些表格,给考生一些有益的提示:

● 表 2-34　2010 年度**就业率较低**的高职专业(前 20 位)
● 表 2-35　2010 年度**月收入较低**的高职专业(前 20 位)
● 表 2-36　2010 年度**求职成本较高**的高职专业(前 20 位)

本节还提供 3 张"前景"型专业名单,即那些毕业半年以后就业率、月收入较高和月收入增长较快的高职专业:

● 表 2-37　2010 年度**就业率较高**的高职专业(前 50 位)
● 表 2-38　2010 年度**月收入较高**的高职专业(前 50 位)
● 表 2-39　2010 年度**月收入较上一年度增长较快**的高职专业(前 20 位)

2.3.1　哪些专业的就业堪忧?

下面将从毕业半年后就业率、月收入和求职成本三方面入手,列出一些明显低于平均水平的专业(如表 2-34—表 2-36 所示)。

但需要注意的是,我们所列出的数据反映了专业的**平均水平**,但每个学生的兴趣爱好、能力特点不同,同一专业在不同大学的办学质量也存在差异。考生和家长选报志愿时,要结合自身情况和心仪专业所在高校的办学质量来考虑,不能"一棍子打死"。

表 2-34　2010 年度就业率较低的高职专业(前 20 位)

排序	专业小类代码	专业小类名称	该专业毕业生毕业半年后的就业率/%
	全国 2009 届高职平均水平		**85.2**
1	630107	中西医结合	56.3
2	630102	口腔医学	65.3
3	630406	口腔医学技术	68.3
4	530401	食品药品监督管理	71.4
5	630101	临床医学	71.5
6	690102	法律文秘	72.4
7	590189	计算机科学与技术	74.2
8	630103	中医学	74.6
9	660172	日语	76.8
10	620104	国际金融	77.0
11	620599	工商管理	77.3
12	620301	经济管理	77.8
13	690104	法律事务	78.3
14	520504	航空服务	78.5
15	660215	现代教育技术	78.7
16	660209	音乐教育	78.9
16	630403	医学影像技术	78.9
18	520405	轮机工程技术	79.1
19	660211	体育教育	79.2
20	660201	语文教育	79.6

注:个别专业因样本不足,数据暂缺。

数据来源:麦可思-中国 2009 届大学毕业生求职与工作能力调查

表 2-35　2010 年度月收入较低的高职专业(前 20 位)

排序	专业小类代码	专业小类名称	该专业毕业生毕业半年后的平均月收入/元
	全国 2009 届高职平均水平		**1890**
1	630107	中西医结合	1221
2	630101	临床医学	1297
3	630406	口腔医学技术	1327
4	630102	口腔医学	1354
5	630103	中医学	1366

排序	专业小类代码	专业小类名称	该专业毕业生毕业半年后的平均月收入/元
6	630201	护理	1426
7	660214	学前教育	1501
8	630405	康复治疗技术	1522
8	630403	医学影像技术	1552
10	590109	图形图像制作	1556
11	620301	经济管理	1603
12	650201	公共事务管理	1628
13	690102	法律文秘	1630
13	510105	园艺技术	1630
15	620204	会计电算化	1632
16	630301	药学	1634
17	660199	英语	1643
18	650106	商检技术	1651
19	620109	资产评估与管理	1655
20	610302	食品营养与检测	1659

注：个别专业因样本不足，数据暂缺。

数据来源：麦可思-中国 2009 届大学毕业生求职与工作能力调查

表 2-36　2010 年度求职成本较高的高职专业（前 20 位）

排序	专业小类代码	专业小类名称	该专业毕业生平均求职成本/元
	全国 2009 届高职平均水平		1061
1	660172	日语	1683
2	630403	医学影像技术	1488
3	630107	中西医结合	1487
4	620103	金融管理与实务	1369
5	520503	空中乘务	1356
6	660210	美术教育	1350
7	660213	初等教育	1342
8	630408	医疗美容技术	1325
9	670105	人物形象设计	1312
10	520507	航空电子设备维修	1302
11	620109	资产评估与管理	1292
12	520403	国际航运业务管理	1276
13	590107	网络系统管理	1263
14	660215	现代教育技术	1262
15	530298	精细化工	1233

排序	专业小类代码	专业小类名称	该专业毕业生平均求职成本/元
16	630102	口腔医学	1232
17	660211	体育教育	1223
18	630101	临床医学	1220
19	620111	投资与理财	1217
19	570203	水利水电建筑工程	1217

注：个别专业因样本不足，数据暂缺。

数据来源：麦可思-中国2009届大学毕业生求职与工作能力调查

2.3.2 哪些专业就业前景好？

以下提供的是毕业生毕业半年以后就业率、月收入较高、月收入增长较快以及毕业三年之后收入较高的高职专业（如表2-37—表2-39所示）。旨在从各专业毕业生的就业前景出发，为您的选择提供参考。

针对以下专业排行，值得说明的有以下几点：

（1）就业率体现的是专业的整体就业情况。就业率高并不一定代表容易就业——对于招生量大的专业而言，就算其就业率高，但每一个未就业的百分点也都代表着大量"毕业即失业"的毕业生。

（2）月收入增长快这一指标，表现的是各专业毕业生的中期职业前景，这项就业质量数据可以为实现个人的中长期发展提供参考。但不能否认的是，随着工作技能和经验的积累，专业性的色彩会渐渐淡化，最终职业和事业的成功与否，还是取决于个人在工作岗位上的表现和能力。

表 2-37 2010 年度就业率较高的高职专业（前 50 位）

排序	专业小类代码	专业小类名称	该专业毕业生毕业半年后的就业率/%
全国 2009 届高职平均水平			85.2
1	540403	油气储运技术	98.6
1	550303	电厂热能动力装置	98.6
3	530305	药物制剂技术	97.8
4	610208	纺织品检验与贸易	97.2
5	620293	税务会计	97.1
6	520208	铁道工程技术	97.0
7	520107	公路监理	96.8
8	530306	药物分析技术	96.2
9	640198	会展策划与管理	95.9
10	520102	高等级公路维护与管理	95.7
11	580107	材料成型与控制技术	95.6
12	560302	地下工程与隧道工程技术	94.9

续表

排序	专业小类代码	专业小类名称	该专业毕业生毕业半年后的就业率/%
12	550103	高分子材料应用技术	94.9
14	630302	中药	94.8
15	520108	道路桥梁工程技术	94.7
15	650106	商检技术	94.7
17	640105	景区开发与管理	94.6
18	530103	生物化工工艺	94.5
19	530302	生物制药技术	94.4
20	520511	民航安全技术管理	94.2
21	660214	学前教育	94.1
22	530209	化工设备维修技术	93.8
23	590210	微电子技术	93.4
24	540499	石油工程	93.3
24	530303	化学制药技术	93.3
26	580108	焊接技术及自动化	93.2
26	530206	石油化工生产技术	93.2
28	530208	工业分析与检验	93.1
28	620205	会计与统计核算	93.1
28	550105	材料工程技术	93.1
31	560402	供热通风与空调工程技术	92.9
32	640103	导游	92.8
32	620402	市场开发与营销	92.8
34	580203	生产过程自动化技术	92.6
35	550301	发电厂及电力系统	92.5
36	580301	机电设备维修与管理	92.3
37	580109	工业设计	92.1
38	610101	染整技术	92.0
39	530201	应用化工技术	91.9
40	610201	现代纺织技术	91.8
41	620503	商务管理	91.7
42	530205	精细化学品生产技术	91.6
43	550299	制冷与空调技术	91.5
44	610302	食品营养与检测	91.4
45	560404	楼宇智能化工程技术	91.2
45	590104	计算机系统维护	91.2
47	530202	有机化工生产技术	91.0

排序	专业小类代码	专业小类名称	该专业毕业生毕业半年后的就业率/%
48	550201	热能动力设备与应用	90.7
48	670113	多媒体设计与制作	90.7
50	620203	会计	90.6

注：个别专业因样本不足，数据暂缺。

数据来源：麦可思-中国 2009 届大学毕业生求职与工作能力调查

表 2-38　2010 年度月收入较高的高职专业（前 50 位）

排序	专业小类代码	专业小类名称	该专业毕业生毕业半年后的平均月收入/元
全国 2009 届高职平均水平			1890
1	520401	航海技术	4065
2	520503	空中乘务	3427
3	520506	航空机电设备维修	3191
4	540499	石油工程	2947
5	520405	轮机工程技术	2859
6	520507	航空电子设备维修	2830
7	530206	石油化工生产技术	2722
8	630408	医疗美容技术	2579
9	520511	民航安全技术管理	2522
10	560302	地下工程与隧道工程技术	2480
11	580107	材料成型与控制技术	2474
12	590302	移动通信技术	2450
13	520108	道路桥梁工程技术	2430
14	520205	铁道通信信号	2414
15	550201	热能动力设备与应用	2411
16	540601	工程测量技术	2395
17	660111	旅游日语	2326
17	520208	铁道工程技术	2326
19	640103	导游	2300
20	550103	高分子材料应用技术	2294
21	520501	民航运输	2284
22	540403	油气储运技术	2267
23	520406	船舶工程技术	2231
24	520602	港口物流设备与自动控制	2220
25	670113	多媒体设计与制作	2215
26	560701	房地产经营与估价	2212
27	580405	汽车技术服务与营销	2208

排序	专业小类代码	专业小类名称	该专业毕业生毕业半年后的平均月收入/元
28	670102	产品造型设计	2202
29	580109	工业设计	2188
30	590262	电子表面组装技术	2187
31	520102	高等级公路维护与管理	2181
32	620401	市场营销	2171
33	520107	公路监理	2168
34	560104	室内设计技术	2161
34	640198	会展策划与管理	2161
36	510398	动物药学	2158
37	580108	焊接技术及自动化	2154
38	670105	人物形象设计	2124
39	660294	小学教育	2121
40	530305	药物制剂技术	2119
41	620104	国际金融	2117
42	640105	景区开发与管理	2114
43	580204	电力系统自动化技术	2109
43	570203	水利水电建筑工程	2109
45	620402	市场开发与营销	2103
46	560402	供热通风与空调工程技术	2099
47	520110	工程机械运用与维护	2097
48	530205	精细化学品生产技术	2093
49	660209	音乐教育	2087
50	530202	有机化工生产技术	2082

注：个别专业因样本不足，数据暂缺。

数据来源：麦可思-中国 2009 届大学毕业生求职与工作能力调查

表 2-39 2010 年度月收入较上一年度增长较快的高职专业（前 20 位）

排序	专业小类代码	专业小类名称	增长率/%	该专业 2009 届毕业生毕业半年后的平均月收入/元	该专业 2008 届毕业生毕业半年后的平均月收入/元
1	620297	涉外会计	52	2007	1320
2	590196	计算机应用与维护	47	1980	1343
2	560104	室内设计技术	47	2161	1467
4	580107	材料成型与控制技术	45	2474	1704
5	660213	初等教育	39	1753	1262
6	550103	高分子材料应用技术	37	2294	1676

排序	专业小类代码	专业小类名称	增长率/%	该专业2009届毕业生毕业半年后的平均月收入/元	该专业2008届毕业生毕业半年后的平均月收入/元
6	530303	化学制药技术	37	2071	1513
6	530305	药物制剂技术	37	2119	1550
9	640102	涉外旅游	35	1759	1299
9	660294	小学教育	35	2121	1568
11	660202	数学教育	33	1799	1357
12	660201	语文教育	30	1894	1462
13	660214	学前教育	29	1501	1160
14	610201	现代纺织技术	28	1750	1364
14	520104	汽车运用技术	28	2056	1604
16	510301	畜牧兽医	27	1908	1505
16	590104	计算机系统维护	27	1878	1483
18	570201	水利工程	26	1968	1567
19	610204	服装设计	25	1824	1461
19	530302	生物制药技术	25	1846	1480

注：个别专业因样本不足，数据暂缺。

数据来源：麦可思-中国2009届大学毕业生求职与工作能力调查

2.4 从“毕业后做什么”看专业

　　如果心中已有了备选专业，那么接下来要考虑的自然就是，在经过大学的学习后，自己的专业究竟能从事什么样的工作。

　　要展望自己将来所能从事的工作，首先要区分两个概念：所想要从事的**职业**和所想要进入的**行业**。

　　简单说来，职业是按劳动者的工作内容来划分，而行业是按雇主的产品和服务内容来划分。比如，一名在制药公司负责化验工作的技术人员，她的职业是“化学技术员”，其企业所在的行业是“药品和医药制造业”；又如，一名在百货公司维护电脑系统的工作人员，他的职业是“计算机支持专家”，而他的企业所在行业则是“零售商业”。也就是说，从事某一职业，其对应的行业不一定很单一，有时甚至会非常广泛。相同的情况在本节的专业就业情况中也能得到真实体现。例如，市场营销专业的高职毕业生从事最多的职业是文职人员、销售代表等，而其毕业后进入的行业可以是“地产代理和经纪人办事处”、“百货行业”、和“电子产品和电器用品行业”等。

　　本节为读者提供了各专业实际的职业流向和行业流向，通过了解高职各主要专业学生毕业后从事的职业和进入的行业，可以为迷茫中的高考生和家长提供更个人化的参考，对填报志愿"备选单"中的心仪专业做出更富有职业色彩的考量。

当然,值得说明的是,最科学的专业选择定位方法应从职业规划开始——从自我评估和职业环境了解入手,锁定职业,进而选择适合自己的专业。有意进一步了解职业规划详细过程的读者可以直接参考第3章——锁定职业、行业选专业。

2.4.1 各专业毕业生从事的职业

接下来提供18张表格,分别是高职各主要专业大类的学生毕业半年后所从事的职业。为了方便读者查询和填报志愿,表2-40至表2-57中附有国家教育部统一的专业代码。每一专业大类下均按专业中类、专业小类代码排序,同一专业小类对应的职业均按该专业中从事该职业的毕业生**就业量**排序。同时,表格中还提供了该专业中从事该职业的毕业生毕业半年后的平均月收入数据。

- 表2-40 2010年度高职**农林牧渔**大类主要专业(小类)毕业生毕业半年后的主要**职业流向**(前3位)
- 表2-41 2010年度高职**交通运输**大类主要专业(小类)毕业生毕业半年后的主要**职业流向**(前3位)
- 表2-42 2010年度高职**生化与药品**大类主要专业(小类)毕业生毕业半年后的主要**职业流向**(前3位)
- 表2-43 2010年度高职**资源开发与测绘**大类主要专业(小类)毕业生毕业半年后的主要**职业流向**(前3位)
- 表2-44 2010年度高职**材料与能源**大类主要专业(小类)毕业生毕业半年后的主要**职业流向**(前3位)
- 表2-45 2010年度高职**土建**大类主要专业(小类)毕业生毕业半年后的主要**职业流向**(前3位)
- 表2-46 2010年度高职**水利**大类主要专业(小类)毕业生毕业半年后的主要**职业流向**(前3位)
- 表2-47 2010年度高职**制造**大类主要专业(小类)毕业生毕业半年后的主要**职业流向**(前3位)
- 表2-48 2010年度高职**电子信息**大类主要专业(小类)毕业生毕业半年后的主要**职业流向**(前3位)
- 表2-49 2010年度高职**环保、气象与安全**大类主要专业(小类)毕业生毕业半年后的主要**职业流向**(前3位)
- 表2-50 2010年度高职**轻纺食品**大类主要专业(小类)毕业生毕业半年后的主要**职业流向**(前3位)
- 表2-51 2010年度高职**财经**大类主要专业(小类)毕业生毕业半年后的主要**职业流向**(前3位)
- 表2-52 2010年度高职**医药卫生**大类主要专业(小类)毕业生毕业半年后的主要**职业流向**(前3位)
- 表2-53 2010年度高职**旅游**大类主要专业(小类)毕业生毕业半年后的主要**职业流向**(前3位)

● 表 2-54　2010 年度高职**公共事业**大类主要专业(小类)毕业生毕业半年后的主要**职业流向**(前 3 位)

● 表 2-55　2010 年度高职**文化教育**大类主要专业(小类)毕业生毕业半年后的主要**职业流向**(前 3 位)

● 表 2-56　2010 年度高职**艺术设计传媒**大类主要专业(小类)毕业生毕业半年后的主要**职业流向**(前 3 位)

● 表 2-57　2010 年度高职**法律**大类主要专业(小类)毕业生毕业半年后的主要**职业流向**(前 3 位)

表 2-40　2010 年度高职农林牧渔大类主要专业(小类)毕业生
毕业半年后的主要职业流向(前 3 位)

专业中类代码	专业中类名称	专业小类代码	专业小类名称	排序	该专业从事的主要职业	毕业半年后平均月收入/元
5101	农业技术类	510105	园艺技术	1	农业技术员	1671
				2	文职人员	1712
				3	园林建筑师	1428
5102	林业技术类	510202	园林技术	1	园林建筑师	1773
				2	文职人员	1491
				3	苗圃技术员	1371
5103	畜牧兽医类	510301	畜牧兽医	1	兽医	1992
				2	养殖家禽和家畜的农业技术员	1733
				3	销售代表(农产品和设备)	1908

注：个别专业因样本不足,数据暂缺。

数据来源：麦可思-中国 2009 届大学毕业生求职与工作能力调查

表 2-41　2010 年度高职交通运输大类主要专业(小类)毕业生
毕业半年后的主要职业流向(前 3 位)

专业中类代码	专业中类名称	专业小类代码	专业小类名称	排序	该专业从事的主要职业	毕业半年后平均月收入/元
5201	公路运输类	520102	高等级公路维护与管理	1	土木工程技术员	2195
				2	测量技术员	1783
				3	交通技术员	2140
		520104	汽车运用技术	1	汽车服务技术员和技工	1638
				2	汽车机械技术员	1769
				3	保险理赔员	2296
		520108	道路桥梁工程技术	1	土木工程技术员	2453
				2	测量技术员	2398
				3	建筑技术员	2695

续表

专业中类代码	专业中类名称	专业小类代码	专业小类名称	排序	该专业从事的主要职业	毕业半年后平均月收入/元
5202	铁道运输类	520208	铁道工程技术	1	土木工程技术员	2211
				2	铁轨铺设及维护设备操作员	2391
				3	测量技术员	2519
5204	水上运输类	520401	航海技术	1	普通水手及海洋润滑油技术员	3100
				2	水手和远洋油轮工作人员	3370
				3	船舶技术员	4065
		520405	轮机工程技术	1	汽艇机械技术员	3240
				2	水手和远洋油轮工作人员	4097
				3	船舶技术员	2588
		520406	船舶工程技术	1	汽艇机械技术员	2299
				2	舰艇建造师	2393
				3	船舶技术员	2286
5205	民航运输类	520501	民航运输	1	运输服务员(不包括航班乘务员和行李搬运工)	2312
				2	预订票务代理和旅游服务人员	1931
				3	客服代表	2592
		520503	空中乘务	1	航班乘务员	3427
				2	文职人员	2271
				3	行政秘书和行政助理	2510
		520506	航空机电设备维修	1	航空器机械和服务技术员	3399
				2	航空电子技术员	3453
				3	航天工程师和操作技术员	3944
5206	港口运输类	520605	报关与国际货运	1	物流专员	1796
				2	文职人员	1409
				3	货运代理	1696

注：个别专业因样本不足，数据暂缺。

数据来源：麦可思-中国 2009 届大学毕业生求职与工作能力调查

表 2-42　2010 年度高职生化与药品大类主要专业(小类)毕业生 毕业半年后的主要职业流向(前 3 位)

专业中类代码	专业中类名称	专业小类代码	专业小类名称	排序	该专业从事的主要职业	毕业半年后平均月收入/元
5301	生物技术类	530101	生物技术及应用	1	化学技术员	1614
				2	销售代表(医疗用品)	2232
				3	化工厂和系统操作员	1561

专业中类代码	专业中类名称	专业小类代码	专业小类名称	排序	该专业从事的主要职业	毕业半年后平均月收入/元
5302	化工技术类	530201	应用化工技术	1	化工厂和系统操作员	2134
				2	化学技术员	1833
				3	化学设备操作员和管理员	2046
		530202	有机化工生产技术	1	化工厂和系统操作员	2109
				2	化学设备操作员和管理员	2333
				3	化学技术员	1700
		530205	精细化学品生产技术	1	化工厂和系统操作员	2284
				2	化学技术员	1842
				3	化学设备操作员和管理员	2358
		530206	石油化工生产技术	1	化工厂和系统操作员	2542
				2	化学技术员	2430
				3	石油泵系统操作员、炼油工和计量员	2600
		530208	工业分析与检验	1	化学技术员	1869
				2	化工厂和系统操作员	2068
				3	零售售货员	1320
5303	制药技术类	530301	生化制药技术	1	化学技术员	1599
				2	销售代表(医疗用品)	2429
				3	化工厂和系统操作员	1820
		530302	生物制药技术	1	化学技术员	1675
				2	销售代表(医疗用品)	2308
				3	化工厂和系统操作员	1660
		530303	化学制药技术	1	化学技术员	1773
				2	化工厂和系统操作员	2094
				3	化学设备操作员和管理员	1809
		530305	药物制剂技术	1	销售代表(医疗用品)	2366
				2	生产助手	1759
				3	化工厂和系统操作员	1493

注：个别专业因样本不足，数据暂缺。

数据来源：麦可思-中国2009届大学毕业生求职与工作能力调查

表2-43 2010年度高职资源开发与测绘大类主要专业(小类)毕业生毕业半年后的主要职业流向(前3位)

专业中类代码	专业中类名称	专业小类代码	专业小类名称	排序	该专业从事的主要职业	毕业半年后平均月收入/元
5404	石油与天然气类	540403	油气储运技术	1	管道系统技术员	2710
				2	开采石油和天然气的泵机操作人员	2475
				3	石油泵系统操作员、炼油工和计量员	2340

注：个别专业因样本不足，数据暂缺。

数据来源：麦可思-中国2009届大学毕业生求职与工作能力调查

表 2-44　2010 年度高职材料与能源大类主要专业(小类)毕业生
毕业半年后的主要职业流向(前 3 位)

专业中类代码	专业中类名称	专业小类代码	专业小类名称	排序	该专业从事的主要职业	毕业半年后平均月收入/元
5501	材料类	550103	高分子材料应用技术	1	化学技术员	1859
				2	化工厂系统操作员	2294
				3	化学设备操作员和管理员	1845
5502	能源类	550204	制冷与冷藏技术	1	暖气装置和空调机械技术员	2017
				2	家用器具修理技术员	1894
				3	安装、维护和修理工的辅助工人	1617
5503	电力技术类	550301	发电厂及电力系统	1	电厂操作员	2144
				2	发电站、变电站和中继站的电子和电气修理技术员	2043
				3	电气技术员	1577
		550303	电厂热能动力装置	1	电厂操作员	2144
				2	电力辅助设备操作员	2043
				3	发电站、变电站和中继站的电子和电气修理技术员	1600

注：个别专业因样本不足，数据暂缺。

数据来源：麦可思-中国 2009 届大学毕业生求职与工作能力调查

表 2-45　2010 年度高职土建大类主要专业(小类)毕业生
毕业半年后的主要职业流向(前 3 位)

专业中类代码	专业中类名称	专业小类代码	专业小类名称	排序	该专业从事的主要职业	毕业半年后平均月收入/元
5601	建筑设计类	560101	建筑设计技术	1	建筑技术员	2127
				2	建筑绘图员	1791
				3	土木工程技术员	1857
		560102	建筑装饰工程技术	1	室内装饰技术员	1842
				2	室内设计师	1918
				3	建筑技术员	1923
		560104	室内设计技术	1	室内设计师	2108
				2	室内装饰技术员	1990
				3	图像设计师	2161
		560105	环境艺术设计	1	室内设计师	1931
				2	室内装饰技术员	1963
				3	文职人员	1523
5603	土建施工类	560301	建筑工程技术	1	建筑技术员	1974
				2	土木工程技术员	2119
				3	测量技术员	1923

专业中类代码	专业中类名称	专业小类代码	专业小类名称	排序	该专业从事的主要职业	毕业半年后平均月收入/元
5604	建筑设备类	560402	供热通风与空调工程技术	1	暖气装置和空调机械技术员	2438
				2	建筑技术员	2099
				3	安全和火警系统安装者	1971
		560404	楼宇智能化工程技术	1	安全和火警系统安装者	2130
				2	其他工程技术员(除了绘图员)	1650
				3	建筑技术员	1756
5605	工程管理类	560501	建筑工程管理	1	建筑技术员	1813
				2	土木工程技术员	2064
				3	土木工程师	1874
		560502	工程造价	1	预算师	1839
				2	建筑技术员	1908
				3	土木工程技术员	1977
		560504	工程监理	1	建筑技术员	1902
				2	测量技术员	2014
				3	土木工程技术员	2100
5607	房地产类	560701	房地产经营与估价	1	房地产销售经纪人	2981
				2	不动产评估师	2069
				3	房地产经纪人	2488
		560702	物业管理	1	不动产和社区协会经理	1542
				2	文职人员	1769
				3	房地产经纪人	1780

注：个别专业因样本不足，数据暂缺。

数据来源：麦可思-中国2009届大学毕业生求职与工作能力调查

表2-46　2010年度高职水利大类主要专业(小类)毕业生
毕业半年后的主要职业流向(前3位)

专业中类代码	专业中类名称	专业小类代码	专业小类名称	排序	该专业从事的主要职业	毕业半年后平均月收入/元
5702	水利工程与管理类	570201	水利工程	1	建筑技术员	2228
				2	土木工程技术员	1754
				3	测量技术员	1759

注：个别专业因样本不足，数据暂缺。

数据来源：麦可思-中国2009届大学毕业生求职与工作能力调查

表 2-47　2010 年度高职制造大类主要专业(小类)毕业生
毕业半年后的主要职业流向(前 3 位)

专业中类代码	专业中类名称	专业小类代码	专业小类名称	排序	该专业从事的主要职业	毕业半年后平均月收入/元
5801	机械设计制造类	580101	机械设计与制造	1	机械技术员	1599
				2	机械绘图员	1485
				3	机械维护技术员	1683
		580102	机械制造与自动化	1	机械绘图员	1632
				2	机械技术员	1770
				3	安装、维护和修理工的辅助工人	1855
		580103	数控技术	1	加工金属或塑料的数控机床操作维护员	1837
				2	数控设备加工程序编制员	2007
				3	机械技术员	1912
		580106	模具设计与制造	1	工模具技术员	1743
				2	机械绘图员	1660
				3	机械技术员	1731
		580108	焊接技术及自动化	1	焊接工和切割技术员	2033
				2	生产焊接技术员	1626
				3	焊接、软钎焊、铜焊设备安装员、操作员和维护员	1600
5802	自动化类	580201	机电一体化技术	1	安装、维护和修理工的辅助工人	1706
				2	电气技术员	1894
				3	机械技术员	1804
		580202	电气自动化技术	1	电气工程技术员	1959
				2	电气技术员	1934
				3	电子工程技术员	1983
		580203	生产过程自动化技术	1	安装、维护和修理工的辅助工人	1822
				2	发电站、变电站和中继站的电子和电气修理技术员	2124
				3	电厂操作员	1808
		580205	计算机控制技术	1	电子工程技术员	1792
				2	电气工程技术员	1891
				3	电气技术员	1375
5803	机电设备类	580302	数控设备应用与维护	1	加工金属或塑料的数控机床操作维护员	1882
				2	文职人员	1722
				3	机械技术员	1800

专业中类代码	专业中类名称	专业小类代码	专业小类名称	排序	该专业从事的主要职业	毕业半年后平均月收入/元
5804	汽车类	580401	汽车制造与装配技术	1	发动机和其他机械装配技术员	1667
				2	汽车机械技术员	2138
				3	汽车服务技术员和技工	1425
		580402	汽车检测与维修技术	1	汽车服务技术员和技工	1448
				2	车身修理技术员	1537
				3	汽车机械技术员	1584
		580403	汽车电子技术	1	汽车服务技术员和技工	1460
				2	汽车机械技术员	1520
				3	其他销售代表、服务商	2081
		580405	汽车技术服务与营销	1	汽车服务技术员和技工	2069
				2	销售代表(机械设备和零件)	2165
				3	零售售货员	1983

注：个别专业因样本不足，数据暂缺。

数据来源：麦可思-中国2009届大学毕业生求职与工作能力调查

表2-48 2010年度高职电子信息大类主要专业(小类)毕业生
毕业半年后的主要职业流向(前3位)

专业中类代码	专业中类名称	专业小类代码	专业小类名称	排序	该专业从事的主要职业	毕业半年后平均月收入/元
5901	计算机类	590101	计算机应用技术	1	文职人员	1465
				2	计算机程序师	1967
				3	计算机操作员	1499
		590102	计算机网络技术	1	文职人员	1519
				2	计算机操作员	1580
				3	客服代表	1664
		590103	计算机多媒体技术	1	文职人员	1185
				2	图像设计师	1451
				3	网络设计师	1729
		590106	计算机信息管理	1	文职人员	1407
				2	计算机操作员	1572
				3	计算机程序师	1939
		590108	软件技术	1	计算机程序师	2040
				2	计算机操作员	1538
				3	互联网开发师	2115
		590110	动漫设计与制作	1	多媒体艺术家和动画专家	1890
				2	图像设计师	1741
				3	文职人员	1350

专业中类代码	专业中类名称	专业小类代码	专业小类名称	排序	该专业从事的主要职业	毕业半年后平均月收入/元
5902	电子信息类	590201	电子信息工程技术	1	电子工程技术员	1971
				2	文职人员	1500
				3	电气及电子工程技术员	2107
		590202	应用电子技术	1	电子工程技术员	2014
				2	文职人员	1662
				3	电气及电子工程技术员	1922
		590210	微电子技术	1	半导体加工人员	2137
				2	电子工程技术员	1810
				3	电气及电子工程技术员	1983
5903	通信类	590301	通信技术	1	通讯线路安装和修理技术员	1745
				2	通讯设备安装者和修理技术员	2347
				3	电子工程技术员	1742

注：个别专业因样本不足，数据暂缺。

数据来源：麦可思-中国 2009 届大学毕业生求职与工作能力调查

表 2-49　2010 年度高职环保、气象与安全大类主要专业（小类）毕业生
毕业半年后的主要职业流向（前 3 位）

专业中类代码	专业中类名称	专业小类代码	专业小类名称	排序	该专业从事的主要职业	毕业半年后平均月收入/元
6001	环保类	600101	环境监测与治理技术	1	环境工程技术员	1894
				2	废水废液处理设备和系统操作员	1663
				3	化学技术员	1492

注：个别专业因样本不足，数据暂缺。

数据来源：麦可思-中国 2009 届大学毕业生求职与工作能力调查

表 2-50　2010 年度高职轻纺食品大类主要专业（小类）毕业生
毕业半年后的主要职业流向（前 3 位）

专业中类代码	专业中类名称	专业小类代码	专业小类名称	排序	该专业从事的主要职业	毕业半年后平均月收入/元
6101	轻化工类	610102	高分子材料加工技术	1	化工厂和系统操作员	1758
				2	化学设备操作员和管理员	2172
				3	化学技术员	1778

专业中类代码	专业中类名称	专业小类代码	专业小类名称	排序	该专业从事的主要职业	毕业半年后平均月收入/元
6102	纺织服装类	610201	现代纺织技术	1	纺织品、服装和相关布料类熨烫机操作管理员	1420
				2	编织机和纺织机安装员、操作员和管理员	1771
				3	销售代表（批发和制造业，不包括科技类产品）	1918
		610204	服装设计	1	工商业设计师	2332
				2	织物和服装样式设计员	1714
				3	裁缝和定制服装缝纫技术员	1277
6103	食品类	610302	食品营养与检测	1	化学技术员	1533
				2	食品科学家和技术员	1582
				3	文职人员	1438

注：个别专业因样本不足，数据暂缺。

数据来源：麦可思-中国2009届大学毕业生求职与工作能力调查

表 2-51 2010 年度高职财经大类主要专业（小类）毕业生毕业半年后的主要职业流向（前3位）

专业中类代码	专业中类名称	专业小类代码	专业小类名称	排序	该专业从事的主要职业	毕业半年后平均月收入/元
6201	财政金融类	620103	金融管理与实务	1	会计	1474
				2	文职人员	1957
				3	出纳员	1907
		620106	金融保险	1	客服代表	1994
				2	文职人员	1686
				3	出纳员	1417
		620111	投资与理财	1	会计	1653
				2	证券经纪人	2190
				3	簿记员、会计和审计员	1820
6202	财务会计类	620201	财务管理	1	会计	1617
				2	出纳员	1919
				3	簿记员、会计和审计员	1709
		620203	会计	1	会计	1725
				2	出纳员	1867
				3	收银员	1553
		620204	会计电算化	1	会计	1482
				2	出纳员	1714
				3	收银员	1314
		620206	会计与审计	1	会计	1621
				2	出纳员	2043
				3	收银员	1429

续表

专业中类代码	专业中类名称	专业小类代码	专业小类名称	排序	该专业从事的主要职业	毕业半年后平均月收入/元
6203	经济贸易类	620303	国际经济与贸易	1	文职人员	1524
				2	其他销售代表、服务商	1944
				3	销售代表（机械设备和零件）	2037
		620304	国际贸易实务	1	文职人员	1631
				2	销售代表（批发和制造业，不包括科技类产品）	2113
				3	其他销售代表、服务商	2120
		620305	国际商务	1	文职人员	1564
				2	客服代表	1519
				3	行政秘书和行政助理	1759
6204	市场营销类	620401	市场营销	1	文职人员	1622
				2	其他销售代表、服务商	2282
				3	销售代表（批发和制造业，不包括科技类产品）	2202
		620403	营销与策划	1	客服代表	1666
				2	初级（零售）销售主管	2172
				3	销售代表（批发和制造业，不包括科技类产品）	2260
		620405	电子商务	1	文职人员	1491
				2	客服代表	1800
				3	零售售货员	1529
6205	工商管理类	620501	工商企业管理	1	文职人员	1430
				2	行政秘书和行政助理	1616
				3	会计	1800
		620503	商务管理	1	文职人员	1458
				2	客服代表	1694
				3	销售经理	1871
		620504	连锁经营管理	1	初级（零售）销售主管	2121
				2	零售售货员	1623
				3	文职人员	1545
		620505	物流管理	1	存货管理员（储藏室、库房的）	1625
				2	文职人员	1550
				3	物流专员	1870

注：个别专业因样本不足，数据暂缺。

数据来源：麦可思-中国 2009 届大学毕业生求职与工作能力调查

表 2-52　2010 年度高职医药卫生大类主要专业(小类)毕业生
毕业半年后的主要职业流向(前 3 位)

专业中类代码	专业中类名称	专业小类代码	专业小类名称	排序	该专业从事的主要职业	毕业半年后平均月收入/元
6302	护理类	630201	护理	1	紧急医疗救护及护理人员	1140
				2	儿童护理员	1258
				3	护理助理、护理员、服务生	1351
6303	药学类	630301	药学	1	药剂师	1594
				2	药剂师助理	1173
				3	销售代表(医疗用品)	2086
6304	医学技术类	630403	医学影像技术	1	放射技术员	1176
				2	放射技术技师和技术员	2150
				3	放射技术技师	1701
		630408	医疗美容技术	1	皮肤护理师	2811
				2	按摩师	2579
				3	皮肤专业护理师	2767

注:个别专业因样本不足,数据暂缺。

数据来源:麦可思-中国 2009 届大学毕业生求职与工作能力调查

表 2-53　2010 年度高职旅游大类主要专业(小类)毕业生
毕业半年后的主要职业流向(前 3 位)

专业中类代码	专业中类名称	专业小类代码	专业小类名称	排序	该专业从事的主要职业	毕业半年后平均月收入/元
6401	旅游管理类	640101	旅游管理	1	导游和陪游	1862
				2	旅馆服务台职员	1652
				3	文职人员	1567
		640103	导游	1	导游和陪游	2394
				2	旅行代理商	1900
				3	预订票务代理和旅游服务人员	1943
		640106	酒店管理	1	旅馆服务台职员	1915
				2	餐馆服务生	1472
				3	文职人员	1623
		640198	会展策划与管理	1	文职人员	1640
				2	行政秘书和行政助理	2033
				3	客服代表	2367
6402	餐饮管理与服务类	640202	烹饪工艺与营养	1	餐馆厨师	1765
				2	食品服务人员(非餐厅)	1471
				3	面点制作师	1592

注:个别专业因样本不足,数据暂缺。

数据来源:麦可思-中国 2009 届大学毕业生求职与工作能力调查

表 2-54 2010 年度高职公共事业大类主要专业(小类)毕业生
毕业半年后的主要职业流向(前 3 位)

专业中类代码	专业中类名称	专业小类代码	专业小类名称	排序	该专业从事的主要职业	毕业半年后平均月收入/元
6502	公共管理类	650204	人力资源管理	1	文职人员	1412
				2	人力资源助理	1546
				3	行政秘书和行政助理	1690

注:个别专业因样本不足,数据暂缺。

数据来源:麦可思-中国 2009 届大学毕业生求职与工作能力调查

表 2-55 2010 年度高职文化教育大类主要专业(小类)毕业生
毕业半年后的主要职业流向(前 3 位)

专业中类代码	专业中类名称	专业小类代码	专业小类名称	排序	该专业从事的主要职业	毕业半年后平均月收入/元
6601	语言文化类	660102	应用英语	1	文职人员	1586
				2	行政秘书和行政助理	1942
				3	销售代表(批发和制造业,不包括科技类产品)	1792
		660103	应用日语	1	文职人员	1596
				2	翻译员	2324
				3	行政秘书和行政助理	1780
		660107	应用韩语	1	文职人员	1435
				2	翻译员	2069
				3	客服代表	1703
		660108	商务英语	1	文职人员	1621
				2	销售代表(批发和制造业,不包括科技类产品)	1877
				3	行政秘书和行政助理	1834
		660109	旅游英语	1	文职人员	1650
				2	导游和陪游	1906
				3	旅馆服务台职员	1665
		660110	商务日语	1	文职人员	1524
				2	翻译员	2093
				3	行政秘书和行政助理	1953
		660111	旅游日语	1	导游和陪游	2545
				2	文职人员	1879
				3	客服代表	1680
		660112	文秘	1	文职人员	1534
				2	行政秘书和行政助理	1759
				3	客服代表	1537

专业中类代码	专业中类名称	专业小类代码	专业小类名称	排序	该专业从事的主要职业	毕业半年后平均月收入/元
6602	教育类	660201	语文教育	1	小学教师（特殊教育除外）	1963
				2	初中教师（特殊和职校教育除外）	1668
				3	文职人员	1460
		660202	数学教育	1	小学教师（特殊教育除外）	1799
				2	初中教师（特殊和职校教育除外）	1950
				3	文职人员	1109
		660203	英语教育	1	小学教师（特殊教育除外）	1705
				2	初中教师（特殊和职校教育除外）	1448
				3	文职人员	1107
		660209	音乐教育	1	小学教师（特殊教育除外）	1788
				2	幼儿园教师（特殊教育除外）	1600
				3	学前班教师（特殊教育除外）	1257
		660211	体育教育	1	小学教师（特殊教育除外）	1420
				2	初中教师（特殊和职校教育除外）	1350
				3	健身教练和健身操指导员	2061
		660213	初等教育	1	小学教师（特殊教育除外）	1582
				2	幼儿园教师（特殊教育除外）	2323
				3	小学及中学教育管理人员	1753
		660214	学前教育	1	幼儿园教师（特殊教育除外）	1482
				2	学前班教师（特殊教育除外）	1338
				3	学前班及幼儿园的教育管理者	1504
		660294	小学教育	1	小学教师（特殊教育除外）	1753
				2	幼儿园教师（特殊教育除外）	2252
				3	学前班教师（特殊教育除外）	1475

注：个别专业因样本不足，数据暂缺。

数据来源：麦可思-中国 2009 届大学毕业生求职与工作能力调查

表 2-56 2010 年度高职艺术设计传媒大类主要专业(小类)毕业生
毕业半年后的主要职业流向(前 3 位)

专业中类代码	专业中类名称	专业小类代码	专业小类名称	排序	该专业从事的主要职业	毕业半年后平均月收入/元
6701	艺术设计类	670101	艺术设计	1	室内设计师	1768
				2	图像设计师	1651
				3	工商业设计师	1484
		670102	产品造型设计	1	工商业设计师	1948
				2	产品促销员	1900
				3	图像设计师	1823
		670103	视觉传达	1	图像设计师	1580
				2	平面设计	1675
				3	室内设计师	1883
		670104	电脑艺术设计	1	工商业设计师	1928
				2	室内设计师	2316
				3	图像设计师	1808
		670105	人物形象设计	1	戏剧和演出化妆师	2221
				2	皮肤护理师	2292
				3	理发师	1139
		670106	装潢艺术设计	1	室内设计师	1661
				2	室内装饰技术员	2578
				3	图像设计师	1755
		670107	装饰艺术设计	1	室内设计师	1822
				2	室内装饰技术员	1720
				3	图像设计师	1847
		670109	珠宝首饰工艺及鉴定	1	文职人员	1657
				2	零售售货员	1973
				3	宝石匠	1703
		670112	广告设计与制作	1	图像设计师	1700
				2	平面设计	1595
				3	工商业设计师	1660
6703	广播影视类	670305	影视动画	1	多媒体艺术家和动画专家	2059
				2	工商业设计师	1870
				3	图像设计师	2071
		670308	新闻采编与制作	1	记者和通讯记者	1950
				2	文职人员	1738
				3	编辑	1867

注:个别专业因样本不足,数据暂缺。

数据来源:麦可思-中国 2009 届大学毕业生求职与工作能力调查

表 2-57 2010 年度高职法律大类主要专业(小类)毕业生
毕业半年后的主要职业流向(前 3 位)

专业中类代码	专业中类名称	专业小类代码	专业小类名称	排序	该专业从事的主要职业	毕业半年后平均月收入/元
6901	法律实务类	690104	法律事务	1	文职人员	1408
				2	法律职员	1225
				3	客服代表	1510

注:个别专业因样本不足,数据暂缺。

数据来源:麦可思-中国 2009 届大学毕业生求职与工作能力调查

2.4.2 各专业毕业生进入的行业

行业同职业的区别联系,请参照第 2.4 节初始文字。

接下来提供 18 张表格,分别是各主要专业大类的高职毕业生毕业半年后所进入的行业。为了方便读者查询和填报志愿,表 2-58 至表 2-75 中同样附有国家教育部统一的专业代码。同一专业小类对应的行业均按该专业中进入该行业的毕业生就业比例从大到小进行排序。同时,表格中还提供了该专业中进入该行业的毕业生毕业半年后的平均月收入。

● 表 2-58 2010 年度高职**农林牧渔**大类主要专业(小类)毕业生毕业半年后的主要**行业流向**(前 3 位)

● 表 2-59 2010 年度高职**交通运输**大类主要专业(小类)毕业生毕业半年后的主要**行业流向**(前 3 位)

● 表 2-60 2010 年度高职**生化与药品**大类主要专业(小类)毕业生毕业半年后的主要**行业流向**(前 3 位)

● 表 2-61 2010 年度高职**资源开发与测绘**大类主要专业(小类)毕业生毕业半年后的主要**行业流向**(前 3 位)

● 表 2-62 2010 年度高职**材料与能源**大类主要专业(小类)毕业生毕业半年后的主要**行业流向**(前 3 位)

● 表 2-63 2010 年度高职**土建**大类主要专业(小类)毕业生毕业半年后的主要**行业流向**(前 3 位)

● 表 2-64 2010 年度高职**水利**大类主要专业(小类)毕业生毕业半年后的主要**行业流向**(前 3 位)

● 表 2-65 2010 年度高职**制造**大类主要专业(小类)毕业生毕业半年后的主要**行业流向**(前 3 位)

● 表 2-66 2010 年度高职**电子信息**大类主要专业(小类)毕业生毕业半年后的主要**行业流向**(前 3 位)

● 表 2-67 2010 年度高职**环保、气象与安全**大类主要专业(小类)毕业生毕业半年后的主要**行业流向**(前 3 位)

● 表 2-68 2010 年度高职**轻纺食品**大类主要专业(小类)毕业生毕业半年后的主要**行业流向**(前 3 位)

● 表 2-69 2010 年度高职**财经**大类主要专业(小类)毕业生毕业半年后的主要**行业流向**(前 3 位)

● 表 2-70 2010 年度高职**医药卫生**大类主要专业(小类)毕业生毕业半年后的主要**行业流向**(前 3 位)

● 表 2-71 2010 年度高职**旅游**大类主要专业(小类)毕业生毕业半年后的主要**行业流向**(前 3 位)

● 表 2-72 2010 年度高职**公共事业**大类主要专业(小类)毕业生毕业半年后的主要**行业流向**(前 3 位)

● 表 2-73 2010 年度高职**文化教育**大类主要专业(小类)毕业生毕业半年后的主要**行业流向**(前 3 位)

● 表 2-74 2010 年度高职**艺术设计传媒**大类主要专业(小类)毕业生毕业半年后的主要**行业流向**(前 3 位)

● 表 2-75 2010 年度高职**法律**大类主要专业(小类)毕业生毕业半年后的主要**行业流向**(前 3 位)

**表 2-58 2010 年度高职农林牧渔大类主要专业(小类)
毕业生毕业半年后的主要行业流向(前 3 位)**

专业小类代码	专业小类名称	排序	该专业毕业生就业的主要行业	进入该行业的该专业毕业生半年后平均月收入/元
510202	园林技术	1	商业性园林种植业	1744
		2	林业辅助业	1329
		3	建筑装修商行业	1850
510301	畜牧兽医	1	家禽业	1952
		2	养猪业	2141
		3	动物生产辅助业	1979
510305	兽医	1	家禽业	1883
		2	动物生产辅助业	1632
		3	养猪业	2143

注:个别专业因样本不足,数据暂缺。

数据来源:麦可思-中国 2009 届大学毕业生求职与工作能力调查

**表 2-59 2010 年度高职交通运输大类主要专业(小类)
毕业生毕业半年后的主要行业流向(前 3 位)**

专业小类代码	专业小类名称	排序	该专业毕业生就业的主要行业	进入该行业的该专业毕业生半年后平均月收入/元
520104	汽车运用技术	1	汽车保养与维修业	1685
		2	汽车经销商行业	2287
		3	汽车制造业	1578
520108	道路桥梁工程技术	1	高速公路、街道及桥梁建筑业	2532
		2	建筑、工程及相关咨询服务	2302
		3	非住宅建筑施工	2253

专业小类代码	专业小类名称	排序	该专业毕业生就业的主要行业	进入该行业的该专业毕业生半年后平均月收入/元
520208	铁道工程技术	1	高速公路、街道及桥梁建筑业	2360
		2	铁路运输服务业	2347
		3	铁路运输业	2511
520403	国际航运业务管理	1	物流仓储业	1564
		2	水路运输服务业	1700
		3	船舶制造业	2080
520405	轮机工程技术	1	远洋、近海及大湖水运业	3784
		2	船舶制造业	2321
		3	水路运输服务业	3229
520406	船舶工程技术	1	船舶制造业	2195
		2	工业机械制造业	2160
		3	商业及工业机械设备维修保养业	2200
520501	民航运输	1	航空运输服务业	2240
		2	定期航班运输业	2687
		3	旅行与票务服务	1940
520503	空中乘务	1	航空运输服务业	5100
		2	旅客住宿业	2867
		3	航空运输业	2600
520506	航空机电设备维修	1	航空运输服务业	3848
		2	商业及工业机械设备维修保养业	2758
		3	定期航班运输业	3112
520507	航空电子设备维修	1	航空运输服务业	3447
		2	电子和精密设备维修保养业	2157
		3	商业及工业机械设备维修保养业	2620
520602	港口物流设备与自动控制	1	水路运输服务业	2253
		2	船舶制造业	2138
		3	工业机械制造业	2280
520605	报关与国际货运	1	物流仓储业	1785
		2	货物运输代理业	1836
		3	商业辅助服务业	1388

注：个别专业因样本不足，数据暂缺。

数据来源：麦可思-中国2009届大学毕业生求职与工作能力调查

表 2-60　2010 年度高职生化与药品大类主要专业(小类)
毕业生毕业半年后的主要行业流向(前 3 位)

专业小类代码	专业小类名称	排序	该专业毕业生就业的主要行业	进入该行业的该专业毕业生半年后平均月收入/元
530101	生物技术及应用	1	药品和医药制造业	1731
		2	其他食品制造业	1575
		3	其他化工产品制造业	1523
530201	应用化工技术	1	其他化工产品制造业	1885
		2	石油及煤制品制造业	2375
		3	基础化学用品制造业	2080
530202	有机化工生产技术	1	其他化工产品制造业	2400
		2	基础化学用品制造业	2300
		3	石油及煤制品制造业	2500
530205	精细化学品生产技术	1	其他化工产品制造业	2338
		2	药品和医药制造业	1941
		3	石油及煤制品制造业	2923
530206	石油化工生产技术	1	石油及煤制品制造业	3130
		2	其他化工产品制造业	2129
		3	塑料用品制造业	2740
530208	工业分析与检验	1	其他化工产品制造业	1940
		2	石油及煤制品制造业	2762
		3	药品和医药制造业	1719
530209	化工设备维修技术	1	锅炉、容器和运输集装箱制造业	2029
		2	药品和医药制造业	1621
		3	石油及煤制品制造业	2460
530301	生化制药技术	1	药品和医药制造业	1739
		2	医疗设备及用品制造业	1557
		3	医疗健康用品店	1460
530302	生物制药技术	1	药品和医药制造业	1868
		2	医疗健康用品店	1667
		3	医疗设备及用品制造业	1733
530303	化学制药技术	1	药品和医药制造业	2325
		2	其他化工产品制造业	2254
		3	农药、化肥和其他农业化学制品制造业	1900

注:个别专业因样本不足,数据暂缺。

数据来源:麦可思-中国 2009 届大学毕业生求职与工作能力调查

表 2-61　2010 年度高职资源开发与测绘大类主要专业（小类）毕业生毕业半年后的主要行业流向（前 3 位）

专业小类代码	专业小类名称	排序	该专业毕业生就业的主要行业	进入该行业的该专业毕业生半年后平均月收入/元
540403	油气储运技术	1	天然气传输业	2600
		2	石油及煤制品制造业	2486
		3	石油和天然气开采	2943
540601	工程测量技术	1	高速公路、街道及桥梁建筑业	2388
		2	住宅建筑施工	2350
		3	其他重型和民用土木工程建筑	2010

注：个别专业因样本不足，数据暂缺。

数据来源：麦可思-中国 2009 届大学毕业生求职与工作能力调查

表 2-62　2010 年度高职材料与能源大类主要专业（小类）毕业生毕业半年后的主要行业流向（前 3 位）

专业小类代码	专业小类名称	排序	该专业毕业生就业的主要行业	进入该行业的该专业毕业生半年后平均月收入/元
550204	制冷与冷藏技术	1	暖通空调制冷设备制造业	2056
		2	商业及工业机械设备维修保养业	1813
		3	个人及家庭用品维修	2260
550299	制冷与空调技术	1	暖通空调制冷设备制造业	2150
		2	商业及工业机械设备维修保养业	2120
		3	家用电器制造业	2058

注：个别专业因样本不足，数据暂缺。

数据来源：麦可思-中国 2009 届大学毕业生求职与工作能力调查

表 2-63　2010 年度高职土建大类主要专业（小类）毕业生毕业半年后的主要行业流向（前 3 位）

专业小类代码	专业小类名称	排序	该专业毕业生就业的主要行业	进入该行业的该专业毕业生半年后平均月收入/元
560101	建筑设计技术	1	建筑、工程及相关咨询服务	2078
		2	住宅建筑施工	1823
		3	建筑装修商行业	1859
560102	建筑装饰工程技术	1	建筑装修商行业	2052
		2	住宅建筑施工	1746
		3	建筑、工程及相关咨询服务	1841
560104	室内设计技术	1	建筑装修商行业	2263
		2	建筑、工程及相关咨询服务	1905
		3	住宅建筑施工	1753
560105	环境艺术设计	1	建筑装修商行业	2073
		2	建筑、工程及相关咨询服务	2203
		3	住宅建筑施工	1768

续表

专业小类代码	专业小类名称	排序	该专业毕业生就业的主要行业	进入该行业的该专业毕业生半年后平均月收入/元
560106	园林工程技术	1	商业性园林种植业	1563
		2	住宅建筑施工	2322
		3	林业辅助业	1766
560301	建筑工程技术	1	住宅建筑施工	1892
		2	建筑基础、结构、楼房外观承建商行业	1975
		3	高速公路、街道及桥梁建筑业	2401
560402	供热通风与空调工程技术	1	建筑设备承包商行业	2082
		2	配套设施体系建造业（安装水电煤气等）	2385
		3	暖通空调制冷设备制造业	2038
560403	建筑电气工程技术	1	建筑基础、结构、楼房外观承建商行业	1756
		2	配套设施体系建造业（安装水电煤气等）	1696
		3	住宅建筑施工	2091
560404	楼宇智能化工程技术	1	配套设施体系建造业（安装水电煤气等）	1796
		2	建筑设备承包商行业	2063
		3	建筑基础、结构、楼房外观承建商行业	2050
560501	建筑工程管理	1	住宅建筑施工	1686
		2	建筑基础、结构、楼房外观承建商行业	1789
		3	高速公路、街道及桥梁建筑业	2368
560502	工程造价	1	住宅建筑施工	1757
		2	建筑、工程及相关咨询服务	1666
		3	高速公路、街道及桥梁建筑业	2368
560504	工程监理	1	住宅建筑施工	1955
		2	建筑、工程及相关咨询服务	1812
		3	高速公路、街道及桥梁建筑业	2188
560701	房地产经营与估价	1	房地产租赁业	2378
		2	其他地产相关业	2377
		3	建筑、工程及相关咨询服务	1973
560702	物业管理	1	物业服务	1696
		2	地产代理和经纪人办事处	1900
		3	房地产租赁业	1467

注：个别专业因样本不足，数据暂缺。

数据来源：麦可思-中国 2009 届大学毕业生求职与工作能力调查

表 2-64　2010 年度高职水利大类主要专业(小类)
毕业生毕业半年后的主要行业流向(前 3 位)

专业小类代码	专业小类名称	排序	该专业毕业生就业的主要行业	进入该行业的该专业毕业生半年后平均月收入/元
570201	水利工程	1	高速公路、街道及桥梁建筑业	2019
		2	其他重型和民用土木工程建筑	2167
		3	建筑、工程及相关咨询服务	1794
570203	水利水电建筑工程	1	高速公路、街道及桥梁建筑业	2440
		2	其他重型和民用土木工程建筑	2091
		3	用水及污水处理业	1525

注:个别专业因样本不足,数据暂缺。

数据来源:麦可思-中国 2009 届大学毕业生求职与工作能力调查

表 2-65　2010 年度高职制造大类主要专业(小类)
毕业生毕业半年后的主要行业流向(前 3 位)

专业小类代码	专业小类名称	排序	该专业毕业生就业的主要行业	进入该行业的该专业毕业生半年后平均月收入/元
580101	机械设计与制造	1	工业机械制造业	1717
		2	金属加工机械制造业	1692
		3	发动机、涡轮机与动力传输设备制造业	1680
580102	机械制造与自动化	1	工业机械制造业	1807
		2	金属加工机械制造业	1821
		3	半导体和其他电子元件制造业	1908
580103	数控技术	1	工业机械制造业	1924
		2	金属加工机械制造业	1779
		3	发动机、涡轮机与动力传输设备制造业	1988
580106	模具设计与制造	1	工业机械制造业	1751
		2	金属加工机械制造业	1773
		3	汽车零件制造业	1767
580108	焊接技术及自动化	1	船舶制造业	2470
		2	工业机械制造业	1720
		3	锅炉、容器和运输集装箱制造业	1908
580110	计算机辅助设计与制造	1	工业机械制造业	1478
		2	金属加工机械制造业	2000
		3	半导体和其他电子元件制造业	1980
580201	机电一体化技术	1	工业机械制造业	1945
		2	电气设备制造业	1765
		3	金属加工机械制造业	1755

专业小类代码	专业小类名称	排序	该专业毕业生就业的主要行业	进入该行业的该专业毕业生半年后平均月收入/元
580202	电气自动化技术	1	电气设备制造业	1849
		2	半导体和其他电子元件制造业	2125
		3	发电、输电业	2176
580203	生产过程自动化技术	1	其他化工产品制造业	1968
		2	发电、输电业	2136
		3	石油及煤制品制造业	2260
580205	计算机控制技术	1	半导体和其他电子元件制造业	2050
		2	电气设备制造业	1583
		3	其他电气设备及元器件生产业	1620
580301	机电设备维修与管理	1	工业机械制造业	1894
		2	配套设施体系建造业（安装水电煤气等）	1850
		3	塑料用品制造业	2175
580302	数控设备应用与维护	1	金属加工机械制造业	1725
		2	工业机械制造业	1727
		3	发动机、涡轮机与动力传输设备制造业	2163
580401	汽车制造与装配技术	1	汽车保养与维修业	1846
		2	汽车制造业	1478
		3	工业机械制造业	1800
580402	汽车检测与维修技术	1	汽车保养与维修业	1512
		2	汽车制造业	1800
		3	汽车经销商行业	1917
580403	汽车电子技术	1	汽车保养与维修业	1521
		2	汽车制造业	1890
		3	汽车经销商行业	1945
580405	汽车技术服务与营销	1	汽车经销商行业	2921
		2	汽车保养与维修业	2006
		3	汽车制造业	2194

注：个别专业因样本不足，数据暂缺。

数据来源：麦可思-中国 2009 届大学毕业生求职与工作能力调查

表 2-66　2010 年度高职电子信息大类主要专业（小类）
毕业生毕业半年后的主要行业流向（前 3 位）

专业小类代码	专业小类名称	排序	该专业毕业生就业的主要行业	进入该行业的该专业毕业生半年后平均月收入/元
590101	计算机应用技术	1	互联网运营商和网络搜索门户	1846
		2	计算机及外围设备制造业	1761
		3	软件出版业	2209

专业小类代码	专业小类名称	排序	该专业毕业生就业的主要行业	进入该行业的该专业毕业生半年后平均月收入/元
590102	计算机网络技术	1	互联网运营商和网络搜索门户	2010
		2	计算机及外围设备制造业	1724
		3	半导体和其他电子元件制造业	1753
590104	计算机系统维护	1	计算机及外围设备制造业	1933
		2	电子和精密设备维修保养业	1440
		3	物流仓储业	1792
590106	计算机信息管理	1	互联网运营商和网络搜索门户	1924
		2	软件出版业	2029
		3	电子和精密设备维修保养业	1500
590108	软件技术	1	软件出版业	2096
		2	互联网运营商和网络搜索门户	2020
		3	计算机及外围设备制造业	1933
590110	动漫设计与制作	1	软件出版业	1707
		2	广告及相关服务业	1617
		3	电影与影视产业	1575
590201	电子信息工程技术	1	半导体和其他电子元件制造业	1938
		2	通信设备制造业	2337
		3	计算机及外围设备制造业	1936
590202	应用电子技术	1	半导体和其他电子元件制造业	1900
		2	通信设备制造业	1866
		3	计算机及外围设备制造业	1996
590262	电子表面组装技术	1	通信设备制造业	2186
		2	半导体和其他电子元件制造业	2157
		3	计算机及外围设备制造业	2200
590301	通信技术	1	其他电信业	2280
		2	通信设备制造业	2040
		3	半导体和其他电子元件制造业	1800

注：个别专业因样本不足，数据暂缺。

数据来源：麦可思-中国2009届大学毕业生求职与工作能力调查

表2-67 2010年度高职环保、气象与安全大类主要专业(小类)
毕业生毕业半年后的主要行业流向(前3位)

专业小类代码	专业小类名称	排序	该专业毕业生就业的主要行业	进入该行业的该专业毕业生半年后平均月收入/元
600101	环境监测与治理技术	1	环境管理部门	1780
		2	药品和医药制造业	1714
		3	用水及污水处理业	1700

注：个别专业因样本不足，数据暂缺。

数据来源：麦可思-中国2009届大学毕业生求职与工作能力调查

表 2-68　2010 年度高职轻纺食品大类主要专业(小类)

毕业生毕业半年后的主要行业流向(前 3 位)

专业小类代码	专业小类名称	排序	该专业毕业生就业的主要行业	进入该行业的该专业毕业生半年后平均月收入/元
610101	染整技术	1	印染业	1961
		2	其他纺织产品业	1913
		3	针织成衣业	1683
610102	高分子材料加工技术	1	塑料用品制造业	1856
		2	其他化工产品制造业	1767
		3	树脂、合成橡胶、合成纤维及人造丝制造业	2100
610201	现代纺织技术	1	其他纺织产品业	1767
		2	纤维、纱线制造业	1520
		3	纺织品装饰业(毯子、窗帘、床单等)	1750
610204	服装设计	1	裁剪和缝制服装制造	1454
		2	服装配饰及其他服装制造业	1971
		3	针织成衣业	1704
610208	纺织品检验与贸易	1	其他纺织产品业	1670
		2	纤维、纱线制造业	1775
		3	裁剪和缝制服装制造	1725
610302	食品营养与检测	1	其他食品制造业	1683
		2	动物食品制造商行业	1538
		3	饮料制造业	1825

注：个别专业因样本不足,数据暂缺。

数据来源：麦可思-中国 2009 届大学毕业生求职与工作能力调查

表 2-69　2010 年度高职财经大类主要专业(小类)

毕业生毕业半年后的主要行业流向(前 3 位)

专业小类代码	专业小类名称	排序	该专业毕业生就业的主要行业	进入该行业的该专业毕业生半年后平均月收入/元
620106	金融保险	1	储蓄信用中介	1847
		2	保险机构	1713
		3	保险代理、经销及其他保险相关业务	2250
620203	会计	1	储蓄信用中介	2267
		2	会计、报税、簿记和工资服务	1576
		3	工业机械制造业	1676
620204	会计电算化	1	会计、报税、簿记和工资服务	1272
		2	储蓄信用中介	2225
		3	物流仓储业	1734

专业小类代码	专业小类名称	排序	该专业毕业生就业的主要行业	进入该行业的该专业毕业生半年后平均月收入/元
620206	会计与审计	1	储蓄信用中介	2250
		2	半导体和其他电子元件制造业	1544
		3	会计、报税、簿记和工资服务	2550
620303	国际经济与贸易	1	工业机械制造业	1745
		2	物流仓储业	2303
		3	其他纺织产品业	2105
620304	国际贸易实务	1	商业辅助服务业	1632
		2	物流仓储业	1812
		3	服装配饰及其他服装制造业	1793
620305	国际商务	1	物流仓储业	1724
		2	工业机械制造业	1667
		3	其他零售行业	1556
620401	市场营销	1	地产代理和经纪人办事处	2465
		2	百货行业	1704
		3	电子产品和电器用品行业	1941
620405	电子商务	1	互联网运营商和网络搜索门户	1859
		2	半导体和其他电子元件制造业	1786
		3	百货行业	1441
620501	工商企业管理	1	百货行业	1745
		2	储蓄信用中介	2250
		3	其他各级党政机关	1643
620503	商务管理	1	家用电器制造业	1767
		2	其他娱乐和休闲产业	2209
		3	货物运输代理业	1660
620504	连锁经营管理	1	百货行业	1707
		2	综合性餐饮业	1600
		3	其他零售行业	1783
620505	物流管理	1	全科住院医院（包括门诊）	1599
		2	专科住院医院（包括门诊）	2249
		3	医疗设备和诊断	1580

注：个别专业因样本不足，数据暂缺。

数据来源：麦可思-中国 2009 届大学毕业生求职与工作能力调查

表 2-70　2010 年度高职医药卫生大类主要专业（小类）
毕业生毕业半年后的主要行业流向（前 3 位）

专业小类代码	专业小类名称	排序	该专业毕业生就业的主要行业	进入该行业的该专业毕业生半年后平均月收入/元
630101	临床医学	1	全科住院医院（包括门诊）	1153
		2	专科住院医院（包括门诊）	1409
		3	其他非住院医疗服务	1469

专业小类代码	专业小类名称	排序	该专业毕业生就业的主要行业	进入该行业的该专业毕业生半年后平均月收入/元
630102	口腔医学	1	牙医诊所	1111
		2	门诊治疗中心(无住院治疗病床)	1568
		3	全科住院医院(包括门诊)	1031
630201	护理	1	全科住院医院(包括门诊)	1403
		2	专科住院医院(包括门诊)	1442
		3	护理设施	1390
630301	药学	1	全科住院医院(包括门诊)	1469
		2	药品和医药制造业	1389
		3	其他健康服务	1586
630401	医学检验技术	1	全科住院医院(包括门诊)	1599
		2	专科住院医院(包括门诊)	2249
		3	医疗设备和诊断	1580

注:个别专业因样本不足,数据暂缺。

数据来源:麦可思-中国 2009 届大学毕业生求职与工作能力调查

表 2-71　2010 年度高职旅游大类主要专业(小类)毕业生毕业半年后的主要行业流向(前 3 位)

专业小类代码	专业小类名称	排序	该专业毕业生就业的主要行业	进入该行业的该专业毕业生半年后平均月收入/元
640101	旅游管理	1	旅行与票务服务	1881
		2	旅客住宿业	1683
		3	综合性餐饮业	1643
640106	酒店管理	1	旅客住宿业	1916
		2	综合性餐饮业	1690
		3	旅行与票务服务	1538

注:个别专业因样本不足,数据暂缺。

数据来源:麦可思-中国 2009 届大学毕业生求职与工作能力调查

表 2-72　2010 年度高职公共事业大类主要专业(小类)毕业生毕业半年后的主要行业流向(前 3 位)

专业小类代码	专业小类名称	排序	该专业毕业生就业的主要行业	进入该行业的该专业毕业生半年后平均月收入/元
650204	人力资源管理	1	各级党政机关	1300
		2	旅客住宿业	1507
		3	其他学院和培训机构	2333

注:个别专业因样本不足,数据暂缺。

数据来源:麦可思-中国 2009 届大学毕业生求职与工作能力调查

表 2-73　2010 年度高职文化教育大类主要专业(小类)

毕业生毕业半年后的主要行业流向(前 3 位)

专业小类代码	专业小类名称	排序	该专业毕业生就业的主要行业	进入该行业的该专业毕业生半年后平均月收入/元
660102	应用英语	1	小学和中学教育	1915
		2	教育辅助服务	1362
		3	其他学院和培训机构	1641
660103	应用日语	1	商业辅助服务业	2317
		2	工业机械制造业	2200
		3	百货行业	2127
660107	应用韩语	1	半导体和其他电子元件制造业	1900
		2	百货行业	1413
		3	其他学院和培训机构	1800
660108	商务英语	1	商业辅助服务业	2039
		2	其他学院和培训机构	1800
		3	小学和中学教育	1469
660109	旅游英语	1	旅行与票务服务	2086
		2	旅客住宿业	1570
		3	其他娱乐和休闲产业	1825
660110	商务日语	1	商业辅助服务业	2083
		2	针织成衣业	1673
		3	其他学院和培训机构	1425
660111	旅游日语	1	旅行与票务服务	2644
		2	旅客住宿业	1700
		3	其他娱乐和休闲产业	2300
660112	文秘	1	旅客住宿业	1470
		2	半导体和其他电子元件制造业	2100
		3	地产代理和经纪人办事处	2213
660203	英语教育	1	小学和中学教育	1694
		2	儿童日托服务业	1769
		3	其他学院和培训机构	1505
660209	音乐教育	1	小学和中学教育	2047
		2	儿童日托服务业	1336
		3	教育辅助服务	2140
660214	学前教育	1	儿童日托服务业	1380
		2	小学和中学教育	1775
		3	教育辅助服务	1917
660294	小学教育	1	小学和中学教育	2295
		2	儿童日托服务业	1942
		3	教育辅助服务	1417

注:个别专业因样本不足,数据暂缺。

数据来源:麦可思-中国 2009 届大学毕业生求职与工作能力调查

表 2-74 2010 年度高职艺术设计传媒大类主要专业(小类)
毕业生毕业半年后的主要行业流向(前 3 位)

专业小类代码	专业小类名称	排序	该专业毕业生就业的主要行业	进入该行业的该专业毕业生半年后平均月收入/元
670101	艺术设计	1	广告及相关服务业	1761
		2	建筑、工程及相关咨询服务	1600
		3	建筑装修商行业	1881
670102	产品造型设计	1	广告及相关服务业	1904
		2	特殊设计服务	2060
		3	报刊、图书出版业	1550
670103	视觉传达	1	广告及相关服务业	1650
		2	建筑装修商行业	1950
		3	其他娱乐和休闲产业	1550
670104	电脑艺术设计	1	广告及相关服务业	1856
		2	建筑装修商行业	2600
		3	其他娱乐和休闲产业	2583
670105	人物形象设计	1	个人服务	1503
		2	表演艺术和观赏体育的宣传行业	2107
		3	其他学院和培训机构	2633
670106	装潢艺术设计	1	建筑装修商行业	1817
		2	广告及相关服务业	1686
		3	建筑、工程及相关咨询服务	1827
670112	广告设计与制作	1	广告及相关服务业	1698
		2	报刊、图书出版业	1793
		3	建筑装修商行业	2529
670113	多媒体设计与制作	1	报刊、图书出版业	2146
		2	其他娱乐和休闲产业	2312
		3	无经纪人的艺术家、作家、表演者	2060
670305	影视动画	1	软件出版业	1797
		2	电影与影视产业	2000
		3	广告及相关服务业	1982
670308	新闻采编与制作	1	报刊、图书出版业	2300
		2	广播电视业	1795
		3	互联网运营商和网络搜索门户	1840

注:个别专业因样本不足,数据暂缺。

数据来源:麦可思-中国 2009 届大学毕业生求职与工作能力调查

表 2-75 2010 年度高职法律大类主要专业(小类)

毕业生毕业半年后的主要行业流向(前 3 位)

专业小类代码	专业小类名称	排序	该专业毕业生就业的主要行业	进入该行业的该专业毕业生半年后平均月收入/元
690104	法律事务	1	法律税务服务业	1523
		2	其他各级党政机关	1411
		3	司法、执法部门(公检法)	1658

注：个别专业因样本不足，数据暂缺。

数据来源：麦可思-中国 2009 届大学毕业生求职与工作能力调查

第3章 从职业规划入手选专业

对大多数人而言,大学毕业后都要面临求职与就业问题;但如何找份好工作、谋求好的发展,如果直到大学毕业前才开始考虑,就不一定能够顺利实现。暂不论那时专业背景已经无法改变,即将走上的工作岗位所要求的知识、技能也不可能一蹴而就。如果在填报高考志愿时因为"为时太早"或"分数限制"回避从职业规划角度和就业前景出发进行专业选择,那么大学毕业后的就业难题会更加严峻。

虽然高考分数在一定程度上限制了高考生的录取批次,限制了高考生可选的大学范围,但是,在专业选择上的空间却依然很大。从高中开始进行职业规划,已经是不能再晚的时机,根据职业目标、结合就业前景来选择专业是做好职业规划的第一步。要想赢在就业,就得主动选好专业。放弃或推迟今天的选择,后果将是就业的被动、发展的被动和人生的被动。

如果要按照"职业→专业"这样的思路来填报高考志愿,首先需要确定的是一个职业目标,然后再根据职业选择对应的专业。

如果对未来将要从事何种职业依然感到茫然,那么,请先阅读本章第3.1节,借助职业测评解开困惑,找准适合的职业方向,即从主观内心出发,看看什么职业才是你愿意做,喜欢做,并且能够做的。然后,阅读第3.2节,了解职业的真实环境,在此基础上锁定职业目标,即从客观的职业环境出发,了解什么职业才是真正符合你要求、适合你的。最后,再参考第3.3、第3.4节内容,根据职业、行业,选择与其匹配度最高、薪资最高的专业。

对于已经有了较明确职业目标的高考生,可以直接跳过本章第3.1节,阅读第3.2节至3.4节的内容:先通过了解真实职业环境,检验和判断目标职业是否是你真的喜欢和适合的(第3.2节);然后,以高薪职业为例,查看与其匹配度最高的专业有哪些(第3.3节);最后,结合国家振兴产业中需求量较大的专业,进一步明确专业选择(第3.4节)。

为便于考生和家长理解本章节内容,本书在此先举出一个范例:

张亮是辽宁省实验中学理科考生,他不知道自己适合什么职业,因此不知道自己应该报考什么专业。为了确定他的职业方向和报考专业,麦可思专家推荐他通过科学的职业规划来填报志愿。于是,他首先完成了麦可思(MyCOS)的职业测评问卷,即3.1节中的《测试:发现你的职业兴趣》。张亮根据自己的答案算出得分后,在后文的表3-1中找到了与自己得分对应的人格类型——"研究型",截取表格如下:

表3-1 6种人格类型与适合的职业范围(节选)

类　型	代表颜色	职业兴趣和职业性格描述	适合的职业范围	适合的具体职业(例举)
研究型：I	橙色	1. 你对自然现象和自然规律很感兴趣,思维逻辑性较强,善于通过分析、思考解决面临的难题,但并不一定实施具体的操作 2. 你喜欢面对疑问和挑战,不愿循规蹈矩,总是渴望创新 3. 你为人慎重而敏感,追求内在自我价值的实现,而非物质生活的质量 4. 你将自己描绘成"分析型的、内省的、独立的、好奇心强烈的和含蓄的" 5. 在科学领域中,你常常具有反传统的观念,倾向于创新和怀疑 6. 你习惯于通过思考解决所面临的难题,而并不一定通过行动实现具体的操作 7. 你会对科学研究和科学探索有热情,并表现出对工作的极大热情,对周围的人却并不感兴趣 8. 你喜欢面对有疑问的挑战,比较适合从事那些需要创造力的工作,不适合那些必须遵循许多规定程式的任务,一般的研究对象侧重于自然科学	● 工业安全与质量 ● 互联网开发及应用 ● 环境保护 ● 计算机与数据处理 ● 生物/化工 ● 天文气象 ● 研究人员 ……	● 计算机支持专家 ● 电气技术员 ● 工业工程技术员 ● 测量师 ● 化学技术员

　　阅读对该类型的职业兴趣和职业性格的描述,张亮觉得与自己的实际兴趣与性格很吻合。那么,作为一个"研究型"的人,适合从事的职业有哪些呢?表格中包括了"研究型"适合从事的职业范围和职业举例,如计算机支持专家、电气技术员、工业工程技术员、测量师、化学技术员等。张亮对实地勘测类的工作一直很感兴趣,其中比较向往的是"测量师"一职。

　　然而,自己真的喜欢和适合这个职业吗?张亮仍心存疑问。麦可思专家建议他在确定某个职业目标之前,先来了解一下这个职业真实的一天——都做些什么?在什么样的环境下工作?薪资和发展前景如何?需要什么样的知识结构、专业背景和智体能力?能带来怎样的工作满足?……

　　如果能找到从事这个职业的人咨询一下,甚至去参观一下实际的工作环境,该有多好!但是,张亮的爸爸是工人、妈妈是文员,其他亲戚朋友中也没有一位"测量师"了解真实的职业情况。

　　于是,麦可思专家推荐张亮借助麦可思成功开发的中国职业信息系统(COIN),查看"测量师"的真实职业环境。该系统涵盖了中国大学毕业生通常所能从事的721个职业的职业环境,包括各种维度:对从业者的职业要求(工作任务,工作要求的性格、智体能力、技能、知识结构和任职资格,工作方式和环境),从业者追求的工作满足(工作兴趣、价值观、企业氛围），还可以模拟并呈现一个立体的职业全貌。虽然不是亲身体验，却能身临其境地感知职业的真实一天，如表3-2所示。

表3-2 研究型——测量师的真实职业环境一览表（节选）

职业描述

测量师：精确地测量并确定土地的分界线，为工程、绘图、采矿、土地评估、建筑及其他目的提供数据，包括地表或地表附近土地的特性、形状、等高线、引力、位置、海拔或面积等方面的信息

从业者的工作要求

TOP17	主 要 任 务
1	为描述、区分、总结工作责任，对测绘草图、地图、报告和法律说明进行维护
2	通过实地测量、计算等方法，查证观测信息的精确性
3	通过调查，确定财产的法律分界线
4	记录包括形态、轮廓、位置、评价和尺寸等地理特征在内的调查结果
5	计算地形的高度、深度、相对位置和分界线
6	制作并管理图表、测绘、地图、记录和其他相关文件
7	为法律文件和实践活动撰写分界线调查描述
8	通过对地面调查的计划和实施，确定基线、海拔和其他相关地理数据
9	为获取拟调查的地产分界线，研究法律文本、调查记录和地理资料
10	与工程设计人员、客户以及其他与项目相关的人员协调工作
11	为确保精确性而对调查设备进行调试
12	使用测绘和工程仪器制作地图所需要素
13	使用经纬仪和卫星定位系统确定重要地物的坐标
14	训练并指导助理人员进行调查和地图的起草工作
15	为制定协议和指导其他协议的起草，对调查进行分析
16	利用测量学的知识解释调查数据，以便确定测量学和地质学意义上的位置、外形和海拔
17	为调查方法和程序制定标准

TOP5	工作要求具备的主要技能	举 例 说 明
1	基本技能——积极聆听	听懂客户的订货
2	基本技能——批判性思维	判断下属是否有正当的迟到理由
3	基本技能——针对性写作	记录电话留言
4	基本技能——理解性阅读	阅读填表说明
5	资源管理技能——时间管理	制定每月会议日程表

TOP5	工作方式和环境	具 体 要 求
1	与工作小组合作	与他人组成的团队合作对该工作很重要
2	与他人的交流	该工作需要从业者经常与他人打交道（面对面交流、电话联系或其他方式）
3	需要进行决策的频率	从业者将被要求频繁做出对他人、财务资源、组织形象和声誉的决策

		从业者的工作要求
4	工作的重复性	不停地重复同样的身体动作(例如:录入数据)或智力活动(例如:检查分类账的录入)
5	进行决策的自由度	该工作可为从业者提供不受监管的自由决策空间
TOP5	工作要求具备的性格	具 体 要 求
1	细微观察	要求工作者在工作中注重细节,细致地完成任务
2	正直	要求工作者诚实、有道德感
3	协作精神	要求工作者乐于与他人协作,并在工作中表现出和善、合作的态度
4	善于分析思考	要求工作者分析资讯,运用逻辑思维处理工作相关问题
5	独立性	要求工作者能够用自己特有的方式行事,在不被监督的情况下自我管理并独立完成任务

		从业者追求的工作满足
TOP1	职业兴趣	兴 趣 描 述
1	研究性	研究性职业通常需要工作者在工作中注入自己的理念,进行大量的思考。这类职业需要工作者通过研究找出事实,经过思考找出问题所在
TOP2	工作价值观	价值观内涵
1	成就感	满足此项工作价值观的职业看重工作结果,通过成就感的刺激,使工作者的能力得到最大程度的发挥。工作者的职业需要是才能的充分发挥与成就感
2	独立性	满足此项工作价值观的职业允许工作者独立工作、独立决策。工作者的职业需要是创造力、责任感以及自主权

数据来源:麦可思(MyCOS)-中国职业信息数据库

在全面认识了测量师这个职业后,张亮发现自己确实对这个职业有浓厚的兴趣,特别是性格方面与该职业的需求比较契合。"适合的就是最好的",张亮最终确定了自己的职业目标。

那么,要成为一名测量师,需要学习什么专业呢?其实,根据麦可思就业调查,许多职业都有若干不同专业背景的人从事。麦可思专家建议张亮可以在若干相关专业中选一个自己喜欢的、未来薪资可能较高的、发展更好的专业。

通过查看3.3节中的表3-17(如表3-3节选所示),张亮发现,与测量师相对应的果然有很多专业,并且薪资有不小差距,最终他选择了自己感兴趣、薪资也还不错的工程测量技术。

表3-3 2009届高职毕业生所从事的主要高薪职业及其对应专业(节选)

职业名称	从事该职业的高职毕业生半年后平均月收入/元	专业排序	专业编码	从事该职业比例最高的高职专业名称	从事该职业的该专业高职毕业生半年后的平均月收入/元
测量师	2356	1	520108	道路桥梁工程技术	2522
		2	540601	工程测量技术	2606
		3	580201	机电一体化技术	2060

3.1　你适合什么职业?

职业测评是一项科学的工具,自 20 世纪 30 年代在美国兴起后,经过长期发展和实践修正,目前已经成为一套非常成熟的技术。这项很有意义又充满乐趣的工具,可以帮助测试者读懂自己的性格,发现自己的职业兴趣所在。

关于职业测评,美国心理学家霍兰德根据实验研究结果,按职业需求对人格进行了如下分类:现实型(realistic)、研究型(investigative)、艺术型(artistic)、社会型(social)、企业型(enterprice)、事务型(conventional)(如图 3-1 所示)。他的研究表明这 6 大人格类型之间有着有趣的联系和与职业的对应关系。

图 3-1 也许正是你某位同学、朋友的人格类型。从粗黑线条来看,其具有一个典型的研究型人格特征,同时,与研究型相邻的现实型和艺术型也得到了较高的分数,而相对的企业型得分最低。研究结果显示,通常相邻的三组人格类型会有相似的职业选择,研究型的人会兼具艺术型和现实型的特点,可以首选研究型的职业,但也可以很好地从事艺术型和现实型的工作;而与对角的一组类型往往是最不相容的。如果让这位朋友将来从事企业型人格所适合的工作,他很可能郁郁不得志。经实践

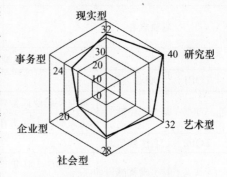

图 3-1　霍兰德 6 种人格类型

检验,霍兰德的研究结果已经被证实对职业规划有很好的指导作用,因此,被广泛使用。

本书为读者准备了一份简单的职业测评问卷,供读者自测和参考。请按照测评的要求回答全部问题,然后对照测试表后的答案找到自己的职业兴趣和职业性格。

测试:发现你的职业兴趣

提示:请根据第一直觉快速答题,如回答"是"请标为"√",回答"否"标为"×"。

1. 看到手工师傅在做活,我能很快地、准确地模仿。
2. 看推理小说或电影时,我常常试图在结果出来以前准确地分析出谁是罪犯。
3. 我常常觉得在我周围有不少人比我更有才能。
4. 我常常能发现别人组织的活动的某些不足,并提出建议让他们改进。
5. 我常常主动给朋友写信或打电话。
6. 我的心算能力较强,不对一大堆的数字感到头疼。
7. 我很注意我的仪表,这主要是为了给人留下良好的印象。
8. 我会用积木搭出许多造型。
9. 我经常不停地思考某一问题,直到想出正确答案。
10. 我觉得工作之余坐下来听听音乐、看看画册或欣赏戏剧等,是我最大的乐趣。

---

11. 我看到不相识的人遇到困难时，会主动去帮助他、安慰他，以表示我对他的同情。

12. 我能较准确地评价别人的服装、外貌以及家具摆设等的美感如何。

13. 我喜欢把自己的住房布置得优雅一些，而不喜欢过分豪华而拥挤。

14. 我喜欢智力游戏。

15. 我喜欢做已经很熟悉的工作，并且希望这种工作所承担的责任小一些，工作时还能聊天、听歌等。

16. 我在中学里喜欢做实验。

17. 无论填报什么表格，我都非常认真。

18. 做一件事情时，我常常事先仔细考虑它的利弊得失。

19. 对别人借给我的和我借给别人的东西，我都能记得清楚。

20. 各种音乐都能使我陶醉其中。

21. 明确、独到的见解对我是很重要的。

22. 我不愿意成为人们注意的焦点。

23. 我常常忘记事情，因此，尽可能把事情记在记事本上。

24. 我很容易结识新朋友。

25. 我很少靠直觉或个人感情解决问题。

26. 我讨厌和各类机械打交道。

27. 我喜欢按部就班地完成要做的工作。

28. 我喜欢参加各种聚会。

29. 我喜欢经常换不同的工作来做。

30. 我喜欢谈不可能发生的事。

31. 我喜欢修修补补。

32. 我喜欢在做事情前，对此事做出细致的安排。

33. 我喜欢自己打扫房间。

34. 我愿意从事工资少但比较稳定的工作。

35. 我在各种社交场合下都感到坦然。

36. 我在做出决定前常考虑别人的意见。

37. 我做出选择后就一定要按照自己的想法去做。

38. 我做事总喜欢先考虑后果。

39. 约会时，我总是能遵守时间。

40. 在工作时，我喜欢尽量避免干扰。

41. 在实验室里独自做实验会令我烦躁。

42. 做决定时，我很难被大多数人的意见干扰。

　　回答完毕后，请你对照下表，找出计分次数最多的字母，该字母即代表着你的职业兴趣和职业性格。

题目序号	1	2	3	4	5	6	7	8	9	10	11	12	13	14
回答	√	√	√	√	√	√	√	√	√	√	√	√	√	√
计分	R	I	C	E	S	E	S	R	I	A	S	A	A	I
题目序号	15	16	17	18	19	20	21	22	23	24	25	26	27	28
回答	√	√	√	√	√	√	√	×	√	√	√	×	√	√
计分	C	C	C	E	C	A	A	A	E	S	I	R	C	S
题目序号	29	30	31	32	33	34	35	36	37	38	39	40	41	42
回答	×	√	√	√	√	×	√	√	×	√	√	√	√	√
计分	C	A	R	R	R	E	E	S	S	I	C	I	I	E

知道了自己的职业兴趣和职业性格,在表 3-4 中,可以看到与自己人格类型相匹配的职业范围,并且在每一种职业范围里都列出了一些具体职业供大家参考。

表 3-4　6 种人格类型与适合的职业范围

类型	代表颜色	职业兴趣和职业性格描述	适合的职业范围	适合的具体职业(例举)
现实型:R	红色	1. 你的动手能力较强,喜欢与机器、工具打交道,做事喜欢遵循一定的规则 2. 你做人很现实,不是个理想主义者,并且追求安定、舒适的生活 3. 你通常表达能力不强,不善于与人交际,思想较保守,对新鲜事物不太感兴趣,情感体验也不太丰富 4. 你需要从事有明确、具体分工的,并有一定程序要求的技术型、技能型工作	● 冶金材料 ● 测绘 ● 船舶机械 ● 电力/能源 ● 电气/电子 ● 机械/仪器仪表 ……	● 机械绘图员 ● 建筑技术员 ● 化学技术员 ● 电子工程技术员 ……
研究型:I	橙色	1. 你对自然现象和自然规律很感兴趣,思维逻辑性较强,善于通过分析、思考解决面临的难题,但并不一定实施具体的操作 2. 你喜欢面对疑问和挑战,不愿循规蹈矩,总是渴望创新 3. 你为人慎重而敏感,追求内在自我价值的实现,而非物质生活的质量 4. 你将自己描绘成“分析型的、内省的、独立的、好奇心强烈的和含蓄的” 5. 在科学领域中,你常常具有反传统的观念,倾向于创新和怀疑 6. 你习惯于通过思考解决所面临的难题,而并不一定通过行动实现具体的操作 7. 你会对科学研究和科学探索有热情,并表现出对工作的极大热情,对周围的人却并不感兴趣 8. 你喜欢面对有疑问的挑战,比较适合从事那些需要创造力的工作,不适合那些必须遵循许多规定程式的任务,一般的研究对象侧重于自然科学	● 工业安全与质量 ● 互联网开发及应用 ● 环境保护 ● 计算机与数据处理 ● 生物/化工 ● 天文气象 ● 研究人员 ……	● 计算机支持专家 ● 电气技术员 ● 工业工程技术员 ● 测量师 ● 化学技术员 ……

类型	代表颜色	职业兴趣和职业性格描述	适合的职业范围	适合的具体职业（例举）
艺术型：A	黄色	1. 你有很强的自我表现欲，喜欢通过新颖的设计引起别人情感上的共鸣 2. 你的想象力很丰富，创造力很强，喜欢凭直觉做出判断，感情丰富，容易冲动，甚至可以为追求心中的理想抛弃一切 3. 你追求多样化的活动，善于转移注意力和工作环境，喜欢能够表现自己的爱好和个性的工作环境 4. 你会在新的和意外的活动或工作环境中感到愉快，喜欢经常变换职务或工作 5. 你善于通过非系统化的、自由的活动进行艺术表现，但精细的操作能力较差	● 表演艺术/影视 ● 餐饮/娱乐 ● 服装/纺织/皮革 ● 媒体/出版 ● 美容/健身 ● 美术/设计/创意 ● 文化/体育 ……	● 室内设计师 ● 图像设计师 ● 时尚设计师 ● 记者 ● 工商业设计师 ● 平面设计员 ……
社会型：S	绿色	1. 你善于与人交往，喜欢周围有别人存在，对别人的事很有兴趣，乐于帮助别人解决难题 2. 你喜欢与人而不是与事物打交道，在与人协同工作时感到愉快，想得到同事们的喜欢 3. 你喜欢设法使别人同意你的观点，这一般通过谈话或写作来达到目的 4. 你对于别人的反应有较强的判断力，且善于影响他人的态度、观点和判断 5. 你比较适合从事更多时间与人打交道的说服、教育和治疗工作	● 高等教育/职业 ● 培训 ● 公安/检察/法院/经济公共关系 ● 家政 ● 保险 ● 酒店/旅游/会展 ● 律师/私家侦探 ……	● 教育、职业顾问 ● 公共关系专家 ● 律师 ● 保险精算师 ● 导游和陪游 ……
企业型：E	青色	1. 你喜欢竞争和冒险，喜欢成为领导者，喜欢支配他人，善辞令，喜欢与人争辩，总试图让别人接受自己的观点 2. 你喜欢计划自己的活动和指导别人的活动，不愿被人支配，不易与人合作 3. 你在独立的和负有职责的工作环境中感到愉快，喜欢对将要发生的事情做决定，充满自信，喜欢竞争和冒险 4. 在别人眼中，你是"敢作敢为的、信心百倍的、乐观的、冲动的、自我表现的、精力旺盛的人" 5. 这种类型的人通常追求权力、财富、地位。不愿从事精细工作，不喜欢需要长期复杂思维的工作 6. 你比较适合于从事需要胆略、冒风险和承担责任的活动	● 生产/运营 ● 房地产经营 ● 金融（银行/基金/证券/期货/理财） ● 人力资源 ● 经营管理 ● 物流/采购 ● 销售 ……	● 信贷经纪人 ● 地产经纪人 ● 个人理财顾问 ● 人力资源经理 ● 市场经理 ……

续表

类型	代表颜色	职业兴趣和职业性格描述	适合的职业范围	适合的具体职业(例举)
事务型:C	蓝色	1. 你喜欢有秩序的、安稳的生活,做事有计划 2. 乐于执行上级派下来的任务,不愿自己独立做出决策,喜欢让他人对自己的工作负责,讲求精确,不愿冒险 3. 想象力和创造力较差,你对花大量体力和脑力的活动不感兴趣,喜欢连续不停地从事同样的工作,喜欢按照机械的或别人安排好的计划或进度办事,喜欢重复的、有规则的、有标准的职业 4. 你喜欢注重细节,按一套规则和步骤将工作尽可能做得完美,倾向于严格、努力地工作,以便能看到自己付出努力后完成的工作效果 5. 你适合从事严格按照固定的规则和方法进行重复性、习惯性的活动,能够较快地见到自己的劳动成果的、需要一定自控能力的工作	● 翻译 ● 行政/后勤 ● 财务/审计/税务/统计 ● 交通/运输/邮电 ……	● 口译和翻译 ● 后勤管理者 ● 行政秘书和助理 ● 会计员 ● 货运代理员 ……

当然,仅仅了解与自己性格相匹配的职业范围还不能帮助高考生锁定具体的职业目标,并据此选择专业。其实,判断一个职业是否真的为心中所爱,是否真的适合自己,必须先对职业环境做全面的了解。

3.2 揭开职业的神秘面纱

要想了解一个职业的真相,最简单有效的方式莫过于体验它真实的一天。

该职业每天都做些什么? 要在什么样的条件下完成这些工作内容? 户外作业,还是室内久坐? 独立进行工作,还是团队协作、经常需要与人交流?

在完成工作任务时,会用到哪些技能和知识? 是数学推理能力,还是阅读、写作能力? 是经济学与会计学基础,抑或计算机方面的知识积累?

在工作过程中,所感受到的工作氛围和风格是怎样的? 喜欢吗,适合吗?

结束了一天的工作后,内心是否觉得充实和满足? 该职业的价值观和兴趣是否真的符合心目中的标准呢?

……

是的,如果能回答上述这些问题,也就完成了对某一职业较全面的认识和理解。

然而,对高中生而言,职业世界还离得太遥远。即使进入了大学、临近毕业,现实中也并没有机会让你通过观摩或实习逐一体会自己所向往的全部职业的真实一天。但是,麦可思成功开发的中国职业信息系统,借助各种维度——对从业者的职业要求(工作任务、工作要求的性格、智体能力、技能、知识结构及任职资格、工作方式和环境),从业者追求的工作满足感(工作兴趣、价值观、企业氛围),可以模拟并呈现一个立体的职业全貌。即使无法亲身体验,也能身临其境地感知该职业的真实一天。

这个系统涵盖了中国大学毕业生通常所能从事的 721 个职业的职业环境,并分为本科版与高职版。本节列举了 12 个常见的高职毕业生所从事的职业,即**化学技术员、机械绘图员、测量师、计算机支持专家、室内设计师、时尚设计师、保险代理人、导游和陪游、个人理财顾问、信贷经纪人、行政秘书和行政助理、货运代理**(表 3-5 至表 3-16),每个职业都代表了 6 种人格类型中的一种,引领大家走进职业的真实世界。

此外,本书最后的附录中还提供了"高职生最有可能从事的常见职业列表",共包括了135 个职业及其描述,供读者参考。

表 3-5 现实型——化学技术员的真实职业环境一览表

职 业 描 述
化学技术员:为了开发新产品或制定生产流程、质量控制、环境标准并开展其他涉及化学实验、理论、运用的工作,进行化学和物理实验,以协助科学家对固体、液体和气体进行定性和定量分析

从业者的工作要求	
TOP9	**主 要 任 务**
1	对产品的质量进行监督以保证符合质量标准
2	使用色谱法、光谱学、物理和化学区分技术及显微镜开展并完成实验、测试和分析
3	协助科学家对液体、固体及液体样本的数量和质量进行化学和物理分析
4	编辑或解释测试和分析的结果
5	为化学家或工程师提供技术支持或协作
6	按照或开发标准方法完成产品的化学处理
7	对实验设备和仪器进行维护、清洁和杀菌
8	撰写技术报告或记录实验结果的相关表格
9	为保管原料而对其进行登记
TOP5	**工作要求具备的主要技能**	**举 例 说 明**
1	基本技能——科学分析	进行常规体检、化验来判定健康状况
2	基本技能——理解性阅读	阅读填表说明
3	技术能力——质量控制分析	检查工作记录是否出错
4	基本技能——数学解法	计算应付金额
5	技术能力——操作监控	监控运行一个电脑程序的完成时间
TOP5	**工作需要的知识**	**具体的知识结构**
1	化学	关于物质的化学组成、结构、性质、化学反应及变化的知识,包括化学物品的使用方法、危险特征、生产技术和处理方法
2	中文语言	关于汉语语言结构和内容的知识,包括字词的书写和意义、构成规则和语法

从业者的工作要求		
3	数学	关于算术、代数、几何、微积分、统计的知识
4	机械	关于机械和工具的知识,包括其设计、使用、修理和维护
5	消费者服务与个人服务	关于向顾客和个人提供服务的原理和过程的知识,这包括评估顾客需求,达到服务质量标准,确定顾客的满意程度

工作要求的任职资格	资格分类	资格级别
任职资格——要求中等程度职务准备的职业	总体经验	要求工作者具备与此职业相关的技能、知识和工作经验。例如:在成为一个电工之前必须有三年或四年的学徒或者职业培训经历。通常还要求工作者通过从业资格考试并获取证书方能工作
	在职培训	从业者需要接受一年或两年的培训,包括在职工作经验的积累和接受经验丰富的工作者的指导
	任职资格举例	通常要求从业者运用沟通技巧和组织能力协调、监督、管理或培训他人以达到目标。例如:电工、法律秘书、采访人员以及保险销售代理人
	教育背景	这个级别的任职资格中的大多数职业要求从业者接受过职业培训学校的培训,具备在职工作经验或者大中专文凭

TOP5	工作方式和环境	具体要求
1	工作的重复性	不停地重复同样的身体动作(例如:录入数据)或智力活动(例如:检查分类账的录入)对该工作很重要
2	进行决策的自由度	该工作可为从业者提供不受监管的自由决策空间
3	在危险条件下工作的可能性	该工作需要从业者经常在环境可控的室内工作
4	时间压力	该工作需要从业者经常按照严格截止日期工作
5	面对面讨论	该工作会频繁要求从业者与个人或团体进行面对面讨论

TOP5	工作活动	具体要求
1	工作产出	建立档案或将信息记录在案
2	资讯处理过程	处理资讯
3	资讯输入	获取信息
4	资讯输入	确认对象、行动和事件
5	资讯输入	对过程、原材料和周遭环境的情况进行监控

TOP5	类别	工作要求的智体能力	具体要求
1	感觉能力	近距离视力	在近距离内(几米之内)辨认细节的能力
2	认识智能	演绎推理能力	将总体规则运用到具体问题中并据此找出有意义的答案的能力
3	认识智能	整理资讯的能力	根据规则(如:数字、词、句、图片及数学运算的规律)将事物或行动按照一个特定顺序或模式排列的能力
4	认识智能	对问题的敏感度	指出错误或有可能出错之处的能力,但并不包括解决该问题

从业者的工作要求

5	认识智能	阅读理解能力	阅读并理解书面信息的能力
TOP5	工作要求具备的性格		具 体 要 求
1	正直		要求工作者诚实、有道德感
2	可靠性		要求工作者可靠地、有责任感地、值得信赖地履行自己的职责
3	细微观察		要求工作者在工作中注重细节,细致地完成任务
4	协作精神		要求工作者乐于与他人协作并在工作中表现出和善、合作的态度
5	独立性		要求工作者能够用自己特有的方式行事,在不被监督的情况下自我管理并独立完成任务

从业者追求的工作满足

TOP1	职业兴趣	兴 趣 描 述
1	实务性	实务性职业通常需要工作者在工作中动手解决实际问题。一般要与植物和动物打交道并处理现实物质,如木材、工具与机械等实物。其中的许多职业要求在户外工作,不必做大量文书工作,也无须经常与他人协作
TOP2	工作价值观	价值观内涵
1	成就感	满足此项工作价值观的职业看重工作结果,通过成就感的刺激使工作者的能力得到最大程度的发挥。工作者的职业需要是才能的充分发挥与成就感
2	支持	满足此项工作价值观的职业为工作者提供支持性管理。工作者的职业需要是公司政策、监管、人事关系与管理、技术的支持
TOP5	企业氛围	具 体 内 容
1	公司政策和惯例	该项工作的从业者受到公司的公平对待
2	同事	该项工作的从业者有容易共处的同事
3	报酬	与其他从业者相比,该项工作的从业者报酬较丰厚
4	成就	该项工作的从业者有成就感
5	工作条件	该项工作的从业者有良好的工作环境

职业招聘广告示例

某公司招聘化学技术员,要求如下。

化学技术员

岗位职责:

1. 依据标准操作规程进行指定的化学实验;

2. 配制实验溶液和标准溶液并标定其浓度;

3. 维护实验室的仪器,及时补充试剂和容器。

任职资格:

1. 化学类、医药类或相关专业大专或以上学历;

2. 良好的英文读写及熟练的电脑操作;

3. 较强的团队精神。

数据来源:麦可思(MyCOS)-中国职业信息数据库

表 3-6 现实型——机械绘图员的真实职业环境一览表

职 业 描 述

机械绘图员：为机器或机械设备绘制详细的工作图表，包括尺寸、固定方法及其他工程资料

从业者的工作要求

TOP11	主 要 任 务
1	使用计算机辅助设备为机械设备、装备或操作工具制定详细的设计草图和说明
2	协调工人工作并与工人交流以设计、陈列或详述元件和系统，以便解决设计或其他问题
3	检查并分析说明、素描、草图、蓝图和相关的数据以评估影响元件设计和程序及需要遵守的因素
4	使用计算机辅助设备为元件或机器计算数学公式，并设计详细说明
5	制定草图的说明和评论
6	对设计进行修改和校正，以便更正操作不足之处，减少生产问题
7	设计特殊项目的度量或蓝图，例如家具和自动部位或底盘元件
8	核对材料的尺寸，以便应用并分配给一定数量的材料
9	陈列并绘制示意图、正投影视图或角度投影视图以描述元件、装配、系统和机器的运行关系
10	与客户代表交谈，对图解进行评论，解答与系统安装相关的疑问
11	绘制手工设计图，为蓝图的再生产描绘纸上草图并使用复印机打印工作草图

TOP5	工作要求具备的主要技能	举 例 说 明
1	基本技能——理解性阅读	阅读填表说明
2	基本技能——数学解法	计算应付金额
3	基本技能——积极聆听	听懂客户的订货
4	社交技能——指导他人	指导他人使用一件工具
5	基本技能——批判性思维	判断下属是否有正当的迟到理由

TOP5	工作需要的知识	具体的知识结构
1	设计	精确的技术规划、蓝图、绘图和模型设计所涉及的设计技术、工具和原则的知识
2	工程与技术	关于工程科技的实际应用的知识，包括应用原理、技术、程序和设备来设计和生产多种产品和服务
3	数学	关于算术、代数、几何、微积分、统计的知识
4	中文语言	关于汉语语言结构和内容的知识，包括字词的书写和意义、构成规则和语法
5	房屋与建筑	建设或维修房屋、大楼或其他建筑（例如高速公路和普通公路）的材料、方法和工具的知识

工作要求的任职资格	资格分类	资 格 级 别
任职资格——要求中等程度职务准备的职业	总体经验	要求工作者具备与此职业相关的技能、知识和工作经验。例如，在成为一个电工之前必须有三年或四年的学徒或者职业培训经历。通常还要求工作者通过从业资格考试并获取证书方能工作
	在职培训	从业者需要接受一年或两年的培训，包括在职工作经验的积累和接受经验丰富的工作者的指导

从业者的工作要求		
任职资格——要求中等程度职务准备的职业	任职资格举例	通常要求从业者运用沟通技巧和组织能力协调、监督、管理或培训他人以达到目标。例如,电工、法律秘书、采访人员以及保险销售代理人
	教育背景	这个级别的任职资格中的大多数职业要求从业者接受过职业培训学校的培训,具备在职工作经验或者大中专文凭

TOP5	工作方式和环境	具体要求
1	时间压力	该工作需要从业者经常严格按照截止日期的要求工作
2	与工作小组合作	与他人组成的团队合作对该工作很重要
3	工作的重复性	不停地重复同样的身体动作(例如:录入数据)或智力活动(例如:检查分类账的录入)
4	与他人的交流	该工作需要从业者经常与他人打交道(面对面交流,电话联系或其他方式)
5	久坐时间	该工作需要从业者长时间坐着工作

TOP5	工作活动	具体要求
1	工作产出	起草、列举和阐明技术装置、零件与设备
2	工作产出	操作计算机
3	资讯输入	获取信息
4	资讯处理过程	做出决策,解决问题
5	资讯处理过程	处理资讯

TOP5	类 别	工作要求的智体能力	具体要求
1	感觉能力	近距离视力	在近距离内(几米之内)辨认细节的能力
2	认识智能	口头表达能力	与他人进行口头交流,使其明白自己传达的信息和思想的能力
3	认识智能	形象思维能力	在物体被移去,零部件被移去或重装后,想象出该物体形态的能力
4	认识智能	会话理解能力	通过倾听,理解口头词句所包含的信息和思想的能力
5	认识智能	对问题的敏感度	指出错误或可能出错之处的能力,但不包括解决该问题

TOP5	工作要求具备的性格	具体要求
1	细微观察	要求工作者在工作中注重细节,细致地完成任务
2	协作精神	要求工作者乐于与他人协作,并在工作中表现出和善、合作的态度
3	适应能力	要求工作者愿意(积极地或消极地)改变自己以适应环境,能够接受工作环境的巨大变化
4	分析思考	要求工作者分析资讯,运用逻辑思维处理工作相关问题
5	创新能力	要求工作者富于创造性和善于打破传统,找出解决工作相关问题的新方法

从业者追求的工作满足		
TOP1	职业兴趣	兴 趣 描 述
1	实务性	实务性职业通常需要工作者在工作中动手解决实际问题。一般要与植物和动物打交道,并处理现实物质,如木材、工具与机械等实物。其中的许多职业要求在户外工作,不必做大量文书工作,也无须经常与他人协作
TOP5	企业氛围	具 体 内 容
1	保障	该项工作的从业者有稳定的就业
2	报酬	与其他从业者相比,该项工作的从业者报酬较丰厚
3	自我管理	该项工作的从业者在规划自己的工作时很少受到监管
4	监督/人力关系	该项工作从业者的上级管理者通过管理对手下的员工进行支持
5	公司政策和惯例	该项工作的从业者受到公司的公平对待

职业招聘广告示例

某公司招聘机械绘图员,要求如下。

机械绘图员

岗位职责:

负责公司工程图纸及技术文件的编制及整理工作。

任职资格:

1. 机械类专业大专以上或相当学历;

2. 一定的英语听读写基础,能使用字典翻译英文资料;

3. 熟悉并能熟练使用工程绘图软件,如 AutoCAD、SolidWorks;

4. 文字录入速度快,70—80 字/分钟;

5. 能快速准确地绘制工程图纸;

6. 熟练运用办公自动化软件。

数据来源:麦可思(MyCOS)-中国职业信息数据库

表 3-7　研究型——测量师的真实职业环境一览表

职 业 描 述
测量师:精确地测量并确定土地的分界线,为工程、绘图、采矿、土地评估、建筑及其他目的提供数据,包括地表或地表附近土地的特性、形状、等高线、引力、位置、海拔或面积等方面的信息

从业者的工作要求	
TOP17	主 要 任 务
1	为描述、区分、总结工作责任,对测绘草图、地图、报告和法律说明进行维护
2	通过实地测量、计算等方法,查证观测信息的精确性
3	通过调查,确定财产的法律分界线
4	记录包括形态、轮廓、位置、评价和尺寸等地理特征在内的调查结果
5	计算地形的高度、深度、相对位置和分界线
6	制作并管理图表、测绘、地图、记录和其他相关文件
7	为法律文件和实践活动撰写分界线调查描述
8	通过对地面调查的计划和实施,确定基线、海拔和其他相关地理数据

	从业者的工作要求	
9	为获取拟调查的地产分界线,研究法律文本、调查记录和地理资料	
10	与工程设计人员、客户以及其他与项目相关的人员协调工作	
11	为确保精确性而对调查设备进行调试	
12	使用测绘和工程仪器制作地图所需要素	
13	使用经纬仪和卫星定位系统确定重要地物的坐标	
14	训练并指导助理人员进行调查和地图的起草工作	
15	为制定协议和指导其他协议的起草,对调查进行分析	
16	利用测量学的知识解释调查数据,以便确定测量学和地质学意义上的位置、外形和海拔	
17	为调查方法和程序制定标准	
TOP5	工作要求具备的主要技能	举例说明
1	基本技能——积极聆听	听懂客户的订货
2	基本技能——批判性思维	判断下属是否有正当的迟到理由
3	基本技能——针对性写作	记录电话留言
4	基本技能——理解性阅读	阅读填表说明
5	资源管理技能——时间管理	制定每月会议日程表
TOP5	工作需要的知识	具体的知识结构
1	数学	关于算术、代数、几何、微积分、统计的知识
2	工程与技术	关于工程科技的实际应用的知识,包括应用原理、技术、程序和设备来设计和生产多种产品和服务
3	房屋与建筑	建设或维修房屋、大楼或其他建筑(例如高速公路和普通公路)的材料、方法和工具的知识
4	设计	关于在精确的技术规划、蓝图、绘图和模型中所涉及的设计技术、工具和原则的知识
5	地理学	关于描述陆地、海洋和大气特征的原则和方法的知识,包括外部特点、位置、相互间关系以及植物、动物和人类的分布

工作要求的任职资格	资格分类	资格级别
任职资格——要求中等程度职务准备的职业	总体经验	要求工作者具备与此职业相关的技能、知识和工作经验。例如,在成为一个电工之前必须当三年或四年的学徒或者经过职业培训。通常还要求工作者通过从业资格考试并获取证书方能工作
	在职培训	从业者需要接受一年或两年的培训,包括在职工作经验的积累和接受经验丰富的工作者的指导
	任职资格举例	通常要求从业者运用沟通技巧和组织能力协调、监督、管理或培训他人以达到目标。例如,电工、法律秘书、采访人员以及保险销售代理人
	教育背景	这个级别的任职资格中的大多数职业要求从业者接受过职业培训学校的培训,具备在职工作经验或者大中专文凭

续表

从业者的工作要求		
TOP5	工作方式和环境	具 体 要 求
1	与工作小组合作	与他人组成的团队合作对该工作很重要
2	与他人的交流	该工作需要从业者经常与他人打交道（面对面交流、电话联系或其他方式）
3	需要进行决策的频率	从业者将被要求频繁做出对他人、财务资源、组织形象和声誉的决策
4	工作的重复性	不停地重复同样的身体动作（例如：录入数据）或智力活动（例如：检查分类账的录入）
5	进行决策的自由度	该工作可为从业者提供不受监管的自由决策空间
TOP5	工作活动	具 体 要 求
1	资讯输入	获取信息
2	资讯处理过程	处理资讯
3	资讯处理过程	对数据或资讯进行分析
4	资讯处理过程	做出决策，解决问题
5	工作产出	操作计算机

TOP5	类 别	工作要求的智体能力	具 体 要 求
1	认识智能	对问题的敏感度	具有指出错误或识别可能发生的错误的能力，但不包括解决该问题
2	认识智能	阅读理解能力	阅读并理解书面信息和思想的能力
3	认识智能	整理资讯的能力	根据一个规则或一系列规则（如：数字、字母、单词、图片及数学运算规律）将事物或行动按照特定顺序或模式排列的能力
4	感觉能力	近距离视力	在近距离内（几米之内）辨认细节的能力
5	认识智能	会话理解能力	通过倾听，理解口头词句所包含的信息和思想的能力

TOP5	工作要求具备的性格	具 体 要 求
1	细微观察	要求工作者在工作中注重细节，细致地完成任务
2	正直	要求工作者诚实、有道德感
3	协作精神	要求工作者乐于与他人协作，并在工作中表现出和善、合作的态度
4	分析思考	要求工作者分析资讯，运用逻辑思维处理工作相关问题
5	独立性	要求工作者能够用自己特有的方式行事，在不被监督的情况下自我管理并独立完成任务

从业者追求的工作满足		
TOP1	职业兴趣	兴 趣 描 述
1	研究性	研究性职业通常需要工作者在工作中注入自己的理念，进行大量的思考。这类职业需要工作者通过研究找出事实，经过思考找出问题所在
TOP2	工作价值观	价值观内涵
1	成就感	满足此项工作价值观的职业看重工作结果，通过成就感的刺激，使工作者的能力得到最大程度的发挥。工作者的职业需要是才能的充分发挥与成就感

		从业者追求的工作满足
2	独立性	满足此项工作价值观的职业允许工作者独立工作、独立决策。工作者的职业需要是创造力、责任感以及自主权
TOP5	企业氛围	具 体 内 容
1	多样性	该项工作的从业者每天都可以接触到不同的工作内容
2	社会地位	该项工作的从业者受到公司和社区的尊敬
3	报酬	与其他从业者相比,该项工作的从业者报酬较丰厚
4	活动	该项工作的从业者随时都很忙碌、充实
5	责任	该项工作的从业者可以做决策并负责

职业招聘广告示例

某公司招聘测量师,要求如下。

工料测量师

岗位职责:

1. 完成项目相关专业的预决算、造价控制、合约管理等工作;

2. 负责合约的起草,投标人、设备的遴选,组织相关的会议;

3. 能提出合理的降低成本的建议,对负责的工程工料内容了然于胸;

4. 在维护公司利益的前提下,公正、公平地与各合作方进行预决算工作。

任职资格:

1. 相关专业专科及以上学历;

2. 熟悉各类办公及预决算软件的操作;

3. 有责任感,品德好,并具备良好的沟通谈判能力;

4. 具测量师行或港资房地产企业工作经验者优先。

数据来源:麦可思(MyCOS)-中国职业信息数据库

表 3-8 研究型——计算机支持专家的真实职业环境一览表

职 业 描 述
计算机支持专家:为计算机系统使用者提供技术帮助。亲自通过电话回答客户的问题或远程解决计算机问题。为计算机软、硬件的使用提供帮助,包括复印、安装、文字处理、电子邮件和操作系统等各个方面

从业者的工作要求	
TOP12	主 要 任 务
1	回答使用者关于软硬件操作的问题
2	输入命令,制定或观察系统工作以判定操作的正确与错误
3	按照说明书的指示对软件、硬件和外设进行维修程序的安装和运行
4	监督电脑的日常运行状态
5	为雇员安装设备,确保设备的线路、操作系统、运行程序的合理性
6	维持日常的通信及运算,修正故障及安装
7	结合用户需要,诊断电脑故障并解决问题,提供技术指南
8	与雇员、用户、管理层就新系统或改进系统中的问题进行协商
9	改进培训资料和程序,教会用户使用软硬件
10	向厂商和技术人员反馈有问题和缺陷的软硬件供其修正

从业者的工作要求		
11	对软硬件进行评价,指出其改进和升级的方向	
12	阅读专业杂志和技术指南,参加学术会议和研修班,提高软硬件专业技能	
TOP5	**工作要求具备的主要技能**	**举例说明**
1	技术能力——疑难排解	看机器下面的漏油而判断来源
2	基本技能——理解性阅读	阅读填表说明
3	基本技能——批判性思维	判断下属是否有正当的迟到理由
4	基本技能——积极聆听	听懂客户的订货
5	基本技能——针对性写作	记录电话留言
TOP5	**工作需要的知识**	**具体的知识结构**
1	计算机与电子学	关于线路板、处理器、芯片、电子设备和电脑软硬件的知识,包括软件应用和程序编写
2	消费者服务与个人服务	关于向顾客和个人提供服务的原理和过程的知识,包括评估顾客需求,达到服务质量标准,确定顾客的满意程度
3	工程与技术	关于工程科技的实际应用的知识,包括应用原理、技术、程序和设备来设计和生产多种产品和服务
4	中文语言	关于汉语语言结构和内容的知识,包括字词的书写和意义、构成规则和语法
5	电信学	关于传输、播报、转换、控制和运营电信体系的知识
工作要求的任职资格	**资 格 分 类**	**资 格 级 别**
任职资格——要求中等程度职务准备的职业	总体经验	要求工作者具备与此职业相关的技能、知识和工作经验。例如,在成为一个电工之前必须有三年或四年的学徒或者职业培训经历。通常还要求工作者通过从业资格考试并获取证书方能工作
	在职培训	从业者需要接受一年或两年的培训,包括在职工作经验的积累和接受经验丰富的工作者的指导
	任职资格举例	通常要求从业者运用沟通技巧和组织能力协调、监督、管理或培训他人以达到目标。例如,电工、法律秘书、采访人员以及保险销售代理人
	教育背景	这个级别的任职资格中的大多数职业要求从业者接受过职业培训学校的培训,具备在职工作经验或者大中专文凭
TOP5	**工作方式和环境**	**具体要求**
1	出现冲突的频率	该从业者会面对频繁的冲突性局面
2	与工作小组的合作	与他人组成的团队合作对该工作很重要
3	接触不愉快的或者愤怒的人	该工作需要从业者经常与愤怒的或粗鲁的人打交道
4	身体接触的密切程度	该工作需要从业者经常与他人在身体上进行密切接触
5	结构性工作和非结构性工作的比例	该工作不允许从业者自己决定工作任务、优先顺序和最终目标

从业者的工作要求		
TOP5	工作活动	具 体 要 求
1	工作产出	操作计算机
2	资讯输入	获取信息
3	资讯处理过程	更新并运用相关知识
4	资讯处理过程	做出决策,解决问题
5	与他人互动	与组织之外的人员沟通

TOP5	类别	工作要求的智体能力	具 体 要 求
1	认识智能	口头表达能力	与他人进行口头交流,使其明白自己传达的信息和思想的能力
2	认识智能	归纳推理能力	将零散信息组合,从中找到一般规律或结论(包括在看似没有联系的事件之间找出相互关系)的能力
3	认识智能	演绎推理能力	将总体规则运用到具体问题中,并据此找出有意义的答案的能力
4	认识智能	会话理解能力	通过倾听,理解口头词句所包含的信息和思想的能力
5	认识智能	阅读理解能力	阅读并理解书面信息和思想的能力

TOP5	工作要求具备的性格	具 体 要 求
1	细微观察	要求工作者在工作中注重细节,细致地完成任务
2	分析思考	要求工作者分析资讯,运用逻辑思维处理工作相关问题
3	适应能力	要求工作者愿意(积极地或消极地)改变自己以适应环境,能够接受工作环境的巨大变化
4	可靠性	要求工作者可靠地、有责任感地、值得信赖地履行自己的职责
5	协作精神	要求工作者乐于与他人协作,并在工作中表现出和善、合作的态度

从业者追求的工作满足		
TOP1	职业兴趣	兴 趣 描 述
1	研究性	研究性职业通常需要工作者在工作中注入自己的理念,进行大量的思考。这类职业需要工作者通过研究找出事实,经过思考找出问题所在

TOP2	工作价值观	价值观内涵
1	成就感	满足此项工作价值观的职业看重工作结果,通过成就感的刺激,使工作者的能力得到最大程度的发挥。工作者的职业需要是才能的充分发挥与成就感
2	独立性	满足此项工作价值观的职业允许工作者独立工作、独立决策。工作者的职业需要是创造力、责任感以及自主权

TOP5	企业氛围	具 体 内 容
1	工作提升	该项工作的从业者有提升的机会
2	报酬	与其他从业者相比,该项工作的从业者报酬较丰厚
3	多样性	该项工作的从业者每天都可以接触到不同的工作内容
4	活动	该项工作的从业者随时都很忙碌、充实
5	成就	该项工作的从业者有成就感

职业招聘广告示例

某公司招聘计算机支持专家,要求如下。

高级网络管理员

外语要求:英语　良好

学　历:专科

岗位职责:

1. 一级、二级、三级的台式计算机支持和网络管理(40%);

2. 语音和数据系统管理(40%);

3. 24×7 数据中心主机设备监控(20%)。

任职资格:

1. 熟练掌握微软 Office 系列工具;

2. 优秀的分析、组织、沟通能力,能够关注细节并具有客户服务的技巧;

3. 对 MS 的 Exchange 邮件系统了解并能对 Outlook 用户提供支持;

4. 在不同的岗位工作时都能够保持热情;

5. 具有相关领域专业和设备经验;

6. 良好的英文听说读写能力。

数据来源:麦可思(MyCOS)-中国职业信息数据库

表 3-9　艺术型——室内设计师的真实职业环境一览表

职 业 描 述
室内设计师:为居民住宅、商业或工业房屋进行室内设计和装修。其设计应实用、美观并符合特殊要求,如:有利于提高生产率、产品销量或改善生活质量。可能需要对室内设计的特定领域、风格或阶段进行专门研究

从业者的工作要求	
TOP7	主 要 任 务
1	预估用料标准和成本,将设计方案与客户讨论,以得到他们的同意
2	与客户商讨与室内设计相关的因素,如资金预算、建筑偏好、设计目标和具体功能等
3	向客户提供室内设计方面的建议,例如:空间利用、家具或设备的布局和使用以及色彩的搭配
4	设计、购买家具、艺术品以及装饰配件
5	设计应实用、美观并符合特殊要求,如:有利于提高生产率或产品销量
6	转包涉及以下领域的合同:建造或安装固定设备、装饰附件、窗帘、绘画作品和墙面悬挂物、艺术品、家具以及相关物件
7	将设计构思用贴图或绘画的形式表现出来

TOP5	工作要求具备的主要技能	举 例 说 明
1	基本技能——积极聆听	听懂客户的订货
2	基本技能——理解性阅读	阅读填表说明
3	资源管理技能——财务管理	用现金购买办公物品并做开销记录
4	基本技能——有效的口头沟通	迎接游客并介绍景点
5	社交技能——说服他人	劝说他人进行慈善捐款

从业者的工作要求		
TOP5	工作需要的知识	具体的知识结构
1	消费者服务与个人服务	关于向顾客和个人提供服务的原理和过程的知识，包括评估顾客需求，达到服务质量标准，确定顾客的满意程度
2	设计	精确的技术规划、蓝图、绘图和模型设计所涉及的设计技术、工具和原则的知识
3	行政与管理	关于战略策划、资源分配、人力资源建模、领导技巧、生产方法和人员及资源的协调的商业与管理的原理
4	中文语言	关于汉语语言结构和内容的知识，包括字词的书写和意义、构成规则和语法
5	销售与营销	关于展示、促销产品及提供服务的原则和方法的知识，包括营销战略和策略、产品展示和销售的技巧及销售控制体系
工作要求的任职资格	资格分类	资格级别
任职资格——要求中等程度职务准备的职业	总体经验	要求工作者具备与此职业相关的技能、知识和工作经验。例如，在成为一个电工之前必须有三年或四年的学徒或者职业培训经历。通常还要求工作者通过从业资格考试并获取证书方能工作
	在职培训	从业者需要接受一年或两年的培训，包括在职工作经验的积累和接受经验丰富的工作者的指导
	任职资格举例	通常要求从业者运用沟通技巧和组织能力协调、监督、管理或培训他人以达到目标。例如，电工、法律秘书、采访人员以及保险销售代理人
	教育背景	这个级别的任职资格中的大多数职业要求从业者接受过职业培训学校的培训，具备在职工作经验或者大中专文凭
TOP5	工作方式和环境	具体要求
1	接触外部顾客	与外部顾客或公众合作对该工作很重要
2	与工作小组合作	与他人组成的团队合作对该工作很重要
3	需要进行决策的频率	从业者将被要求频繁做出对他人、财务资源、组织形象和声誉的决策
4	结构性工作和非结构性工作的比例	该工作不允许从业者自己决定工作任务、优先顺序和最终目标
5	精确的重要性	该工作对精确度的要求很高
TOP5	工作活动	具体要求
1	资讯处理过程	创造性地思考
2	工作产出	操作计算机
3	与他人互动	与上级、同级人员或下属沟通
4	资讯输入	获取信息
5	与他人互动	向他人进行营销或对他人形成影响

从业者的工作要求

TOP5	类别	工作要求的智体能力	具 体 要 求
1	认识智能	创意	就一个给定话题或情景,提出不寻常的或者机智的主意,或以创造性的方式来解决问题
2	认识智能	形象思维能力	在物体被移去、零部件被移去或重装后,想象出该物体形态的能力
3	认识智能	会话理解能力	通过倾听,理解口头词句所包含的信息和思想的能力
4	认识智能	口头表达能力	与他人进行口头交流,使其明白自己传达的信息和思想的能力
5	感觉能力	话语的清晰度	清楚表达以使他人理解的能力

TOP5	工作要求具备的性格		具 体 要 求
1	细微观察		要求工作者在工作中注重细节,细致地完成任务
2	可靠性		要求工作者可靠地、有责任感地、值得信赖地履行自己的职责
3	创新能力		要求工作者富于创造性和善于打破传统,找出解决工作相关问题的新方法
4	正直		要求工作者诚实、有道德感
5	独立性		要求工作者用自己特有的方式行事,在不被监督的情况下独立完成任务

从业者追求的工作满足

TOP1	职业兴趣	兴 趣 描 述
1	艺术性	艺术性职业通常需要工作者与各种式样、设计和图案打交道。这类职业要求工作者善于表现自我而不必墨守成规

TOP2	工作价值观	价值观内涵
1	成就感	满足此项工作价值观的职业看重工作结果,通过成就感的刺激,使工作者的能力得到最大程度的发挥。工作者的职业需要是才能的充分发挥与成就感
2	独立性	满足此项工作价值观的职业允许工作者独立工作、独立决策。工作者的职业需要是创造力、责任感以及自主权

TOP5	企业氛围	具 体 内 容
1	多样性	该项工作的从业者每天都可以接触到不同的工作内容
2	独立性	该项工作的从业者可以独立完成工作
3	报酬	与其他从业者相比,该项工作的从业者报酬较丰厚
4	工作条件	该项工作的从业者有良好的工作环境
5	责任	该项工作的从业者可以做决策并负责

职业招聘广告示例

某公司招聘室内设计师,要求如下。

室内设计师

任职资格:

1. 能承受工作压力,能适应加班;

2. 能够独立完成方案,效果图表现佳者优先考虑。

数据来源:麦可思(MyCOS)-中国职业信息数据库

表 3-10　艺术型——时尚设计师的真实职业环境一览表

职 业 描 述
时尚设计师：设计服饰及配饰，需要紧跟时尚潮流，可能会开发系列色彩和系列服饰用料。

从业者的工作要求

TOP12	主 要 任 务
1	通过参加时装展览会、阅读服装杂志和宣传手册来收集信息，了解时尚潮流和消费者偏好
2	满足个人、零售商、演员或影视节目对定制服装和配饰的要求
3	描绘、设计图样；剪下图样，根据图样剪裁布料；使用测量工具和剪刀
4	将样本服装反复检验，经过适当修改达到预期目标
5	为服装选择合适的用料和制作方式
6	绘制衣服或配饰的粗略草图和详细图样，记录相关规格，包括色彩搭配、构成、用料类型和对配件的要求等
7	采用其他设计师的构思满足大规模的市场需求
8	与其他设计师合作完成特殊产品和特殊设计
9	与销售、管理人员或者顾客共同探讨设计的构思
10	为各风格服饰定价
11	开发一组产品或配件，通过服饰精品店或邮购方式进行销售
12	管理并协调参与绘图、图样剪切、样品或产品制作的工人的工作

TOP5	工作要求具备的主要技能	举 例 说 明
1	基本技能——积极学习	理解一条新闻的启示，如新的市场或就业机会
2	技术能力——新产品构思	根据需要和预算来选择电脑
3	社交技能——协调安排	根据他人的变化来调整自己的日程
4	社交技能——理解他人	觉察出顾客因为等待太久而生气
5	系统技能——判断和决策	判断安排职工休假是否影响工作

TOP5	工作需要的知识	具体的知识结构
1	设计	精确的技术规划、蓝图、绘图和模型所涉及的设计技术、工具和原则的知识
2	美术	在创作、制作和表现音乐、舞蹈、可视艺术、戏剧和雕塑作品中所涉及的理论和技术的知识
3	销售与营销	关于展示、促销产品和提供服务的原则和方法的知识，包括营销战略和策略、产品展示和销售的技巧及销售控制体系
4	社会学和人类学	关于集体行为和推动力、社会趋势和影响、种族、文化和历史渊源的知识
5	心理学	关于人类行为和表现、个人的能力、个性和兴趣差异；学习和动力、心理研究方法；对行为和情感紊乱的评价和治疗的知识

	从业者的工作要求	
工作要求的任职资格	资格分类	资格级别
任职资格——要求中等程度职务准备	总体经验	要求工作者具备与此职业相关的技能、知识和工作经验。例如,在成为一个电工之前必须有三年或四年的学徒或者职业培训经历。通常还要求工作者通过从业资格考试并获取证书方能工作
	在职培训	从业者需要接受一年或两年的培训,包括在职工作经验的积累和接受经验丰富的工作者的指导
	任职资格举例	通常要求从业者运用沟通技巧和组织能力协调、监督、管理或培训他人以达到目标。例如,电工、法律秘书、采访人员以及保险销售代理人
	教育背景	这个级别的任职资格中的大多数职业要求从业者接受过职业培训学校的培训,具备在职工作经验或者大中专文凭

TOP5	工作方式和环境	具体要求
1	犯错的后果	如果从业者犯了一个无法马上纠正的错误,该错误的后果会很严重
2	精确的重要性	该工作对精确度的要求很高
3	接触外部顾客	与外部顾客或公众合作对该工作很重要
4	跪、伏、曲身或爬行的时间	该工作要求从业者经常跪、伏、曲身或爬行
5	站立的时间	该工作需要从业者长时间站立工作

TOP5	工作活动	具体要求
1	资讯处理过程	创造性地思考
2	资讯输入	获取信息
3	资讯处理过程	判断物品、服务或人员的性质
4	资讯处理过程	更新并运用相关知识
5	资讯输入	确认对象、行动和事件

TOP5	类别	工作要求的智体能力	具体要求
1	认识智能	创意	就一个给定话题或情景提出不寻常的或者机智的主意,或用创造性的方式来解决问题
2	认识智能	思维流畅程度	就某一问题想出数个解决办法(重要的是办法的数量,而非质量、正确性或创造性)的能力
3	感觉能力	色彩分辨能力	辨认各颜色间的区别,包括颜色的深浅和亮度
4	认识智能	形象思维能力	在物体被移去、零部件被移去或重装后,想象出该物体形态的能力
5	感觉能力	近距离视力	在近距离内(几米之内)辨认细节的能力

	从业者追求的工作满足	
TOP1	职业兴趣	兴趣描述
1	艺术性	艺术性职业通常需要工作者与各种式样、设计和图案打交道。这类职业要求工作者表现自我而不必墨守成规

	从业者追求的工作满足	
TOP2	工作价值观	价值观内涵
1	成就感	满足此项工作价值观的职业看重工作结果,通过成就感的刺激,使工作者的能力得到最大程度的发挥。工作者的职业需要是才能的充分发挥与成就感
2	独立性	满足此项工作价值观的职业允许工作者独立工作、独立决策。工作者的职业需要是创造力、责任感以及自主权
TOP5	企业氛围	具 体 内 容
1	报酬	与其他从业者相比,该项工作的从业者报酬较丰厚
2	多样性	该项工作的从业者每天都可以接触到不同的工作内容
3	认可	该项工作的从业者因其工作得到认可
4	工作条件	该项工作的从业者有良好的工作环境
5	道德观	该项工作的从业者不会被强迫做违背他们道德判断的事

职业招聘广告示例

某公司招聘时尚设计师,要求如下:

服装设计师

外语要求:英语

学历:大专

任职资格:

1. 熟悉婴幼儿服装的加工技术、成本核算;

2. 有良好的沟通能力和团队合作精神。

数据来源:麦可思(MyCOS)-中国职业信息数据库

表 3-11　社会型——保险代理人的真实职业环境一览表

职 业 描 述
保险代理人:出售保险(包括生命、财产、意外伤亡、健康、汽车以及其他类型的险种),为客户推荐其他的独立保险经纪人。通常被保险公司聘用或者作为一名独立保险经纪人工作

	从业者的工作要求
TOP15	主 要 任 务
1	邀请保险客户并为期陈述和解释政策,分析保险计划并建议相应计划的增加和变革,或改变受益人
2	计算费用并确定付款方式
3	为单个客户定制保险计划,经常涉及各种风险
4	代表保险公司向商业人士和个人出售各种类型的保险计划,包括汽车险、火灾险、生命险、财产险和医疗险,或介绍特定的政策(例如海运)等
5	会见预期的客户以获得有关财政收入、个人身体条件、需求以及加入保险的财产数额等信息,并且讨论任何现有的涉及范围
6	利用网络寻找潜在顾客,发展客户以便发现新的消费者,并整理预期客户的名单
7	解释各种政策的特征(包括优点和缺点),以提升保险销售计划
8	联系保险从业者并提交申请表,以获得一系列的保险项目
9	确保政策需求条件的实施,包括所有必须的体格检查和表格填写等
10	当政策指定索赔的时候,与顾客商谈,获取信息并提供咨询

从业者的工作要求		
11	执行行政任务,例如维护记录并处理政策更新	
12	选择那些提供保险项目要求的公司,以确定承保政策	
13	监视保险索赔要求,以确保顾客和保险公司双方的公正	
14	制定市场策略,同保险行业的其他个人或公司进行竞争	
15	通过参加会议、研究会及讲座,了解新的产品和服务,学习新的技术,在发展新项目时接受技术帮助	
TOP5	工作要求具备的主要技能	举例说明
1	基本技能——积极聆听	听懂客户的订货
2	基本技能——有效的口头沟通	迎接游客并介绍景点
3	资源管理技能——时间管理	制定每月会议日程表
4	基本技能——理解性阅读	阅读填表说明
5	社交技能——说服他人	劝说他人进行慈善捐款
TOP5	工作需要的知识	具体的知识结构
1	消费者服务与个人服务	关于向顾客和个人提供服务的原理和过程的知识,包括评估顾客需求,达到服务质量标准,确定顾客的满意程度
2	销售与营销	关于展示、促销产品及提供服务的原则和方法的知识,包括营销战略和策略、产品展示和销售的技巧及销售控制体系
3	中文语言	关于汉语语言结构和内容的知识,包括字词的书写和意义、构成规则和语法
4	计算机与电子学	关于线路板、处理器、芯片、电子设备和电脑软硬件的知识,包括软件应用和程序编写
5	行政与管理	关于战略策划、资源分配、人力资源建模、领导技巧、生产方法和人员及资源的协调的商业与管理的原理
TOP5	工作方式和环境	具体要求
1	精确的重要性	该工作对精确度的要求很高
2	需要进行决策的频率	从业者将被要求频繁做出对他人、财务资源、组织形象和声誉的决策
3	久坐的时间	该工作需要从业者长时间坐着工作
4	进行决策的自由度	该工作可为从业者提供不受监管的自由决策空间
5	面对面讨论	该工作会频繁要求从业者与个人或团体进行面对面讨论
TOP5	工作活动	具体要求
1	资讯输入	获取信息
2	与他人互动	建立并维持人际关系
3	资讯处理过程	做出决策,解决问题
4	资讯处理过程	处理资讯
5	工作产出	操作计算机

从业者的工作要求

TOP5	类别	工作要求的智体能力	具 体 要 求
1	认识智能	口头表达能力	与他人进行口头交流,使其明白自己传达的信息和思想的能力
2	认识智能	会话理解能力	通过倾听,理解口头词句所包含的信息和思想的能力
3	认识智能	阅读理解能力	阅读并理解书面信息和思想的能力
4	感觉能力	话语的清晰度	清楚表达以使他人理解的能力
5	感觉能力	对话时的听力	听清他人说话的能力

TOP5	工作要求具备的性格		具 体 要 求
1	正直		要求工作者诚实、有道德感
2	可靠性		要求工作者可靠地、有责任感地、值得信赖地履行自己的职责
3	细微观察		要求工作者在工作中注重细节,细致地完成任务
4	自制能力		要求工作者即使在十分艰难的情况下,也要保持镇静,克制自己,控制怒火,避免过激行为
5	主动性		要求工作者主动承担责任和迎接挑战

从业者追求的工作满足

TOP1	职 业 兴 趣		兴 趣 描 述
1	社会性		社会性职业通常涉及与他人协作、沟通以及教育他人的活动。这类职业经常要求工作者为他人提供帮助或服务

TOP2	工作价值观		价值观内涵
1	成就感		满足此项工作价值观的职业看重工作结果,通过成就感的刺激,使工作者的能力得到最大程度的发挥。工作者的职业需要是才能的充分发挥与成就感
2	独立性		满足此项工作价值观的职业允许工作者独立工作、独立决策。工作者的职业需要是创造力、责任感以及自主权

TOP5	企 业 氛 围		具 体 内 容
1	同事		该项工作的从业者有容易共处的同事
2	报酬		与其他从业者相比,该项工作的从业者报酬较丰厚
3	活动		该项工作的从业者随时都很忙碌、充实
4	成就		该项工作的从业者有成就感
5	公司政策和惯例		该项工作的从业者受到公司的公平对待

职业招聘广告示例

某公司招聘保险代理人,要求如下。

保险代理人

学　　历:大专

岗位职责:

1. 根据客户的财务状况和财务目标,协助客户进行理财规划,为其拟订相应的风险管理计划;

2. 代表公司承接保险业务并提供相应的售后服务;

3. 配合所在团队进行组织建设。

任职资格:

1. 清晰的人生目标,积极进取的个性,良好的沟通能力及团队合作精神;

2. 面试及笔试合格。

数据来源:麦可思(MyCOS)-中国职业信息数据库

表 3-12　社会型——导游和陪游的真实职业环境一览表

职　业　描　述	
导游和陪游：陪同个人或团队观光或游览，例如工业园区、公共建筑和艺术馆等	

从业者的工作要求		
TOP7	**主　要　任　务**	
1	为学校孩子举行教育活动	
2	陪同个人或团体巡航、观光或参观名胜，例如工业园区、公共建筑和艺术馆	
3	向团队成员介绍名胜，并回答问题	
4	管理游客活动，确保其符合旅行和安全规定	
5	欢迎游客，为其登记，发放身份徽章、安全设备等	
6	分发宣传册子，进行视频宣传，解释机构运作过程和在旅游地的具体安排	
7	为游客引路并提供其他方面的重要信息	
TOP5	**工作要求具备的主要技能**	**举　例　说　明**
1	基本技能——有效的口头沟通	迎接游客并介绍景点
2	基本技能——积极聆听	听懂客户的订货
3	基本技能——理解性阅读	阅读填表说明
4	社交技能——理解他人	觉察出顾客因为等待太久而生气
5	基本技能——积极学习	理解一条新闻的启示，如新的市场或就业机会
TOP5	**工作需要的知识**	**具体的知识结构**
1	消费者服务与个人服务	关于向顾客和个人提供服务的原理和过程的知识，包括评估顾客需求，达到服务质量标准，确定顾客的满意程度
2	历史学与考古学	关于历史事件和原因及其对文明和文化的影响的知识
3	中文语言	关于汉语语言结构和内容的知识，包括字词的书写和意义、构成规则和语法
4	公共安全与保安	关于与设备、政策、程序相关，为保护人民、数据、财产和机构等，提高地方、省或国家安全运行而采取的策略的知识
5	教育与培训	关于课程和培训的设计和方法、教授和指导个人及团体并评估培训效果的知识

工作要求的任职资格	资格分类	资格级别
任职资格——要求中等程度职务准备的职业	总体经验	要求工作者具备与此职业相关的技能、知识和工作经验。例如，在成为一个电工之前必须有三年或四年的学徒或者职业培训经历。通常还要求工作者通过从业资格考试并获取证书方能工作
	在职培训	从业者需要接受一年或两年的培训，包括在职工作经验的积累和接受经验丰富的工作者的指导
	任职资格举例	通常要求从业者运用沟通技巧和组织能力协调、监督、管理或培训他人以达到目标。例如，电工、法律秘书、采访人员以及保险销售代理人
	教育背景	这个级别的任职资格中的大多数职业要求从业者接受过职业培训学校的培训，具备在职工作经验或者大中专文凭

从业者的工作要求		
TOP5	**工作方式和环境**	**具 体 要 求**
1	在环境不可控的室内工作	该工作需要从业者经常在环境不可控的室内工作(例如:没有暖气的仓库)
2	站立的时间	该工作需要从业者长时间站立工作
3	进行决策的自由度	该工作可为从业者提供不受监管的自由决策空间
4	结构性工作和非结构性工作的比例	该工作不允许从业者自己决定工作任务、优先顺序和最终目标
5	与工作小组合作	与他人组成的团队合作对该工作很重要
TOP5	**工 作 活 动**	**具 体 要 求**
1	与他人互动	为公众服务或跟公众一起活动
2	资讯输入	获取信息
3	与他人互动	建立并维持人际关系
4	与他人互动	向团队其他成员解释某些资讯的含义
5	资讯处理过程	创造性地思考

TOP5	**类 别**	**工作要求的智体能力**	**具 体 要 求**
1	认识智能	口头表达能力	与他人进行口头交流,使其明白自己传达的信息和思想的能力
2	感觉能力	话语的清晰度	清楚表达以使他人理解的能力
3	认识智能	会话理解能力	通过倾听理解口头词句所包含的信息和思想的能力
4	感觉能力	对话时的听力	听清他人说话的能力
5	认识智能	对问题的敏感度	具有指出错误或识别可能发生的错误的能力,但不包括解决该问题

TOP5	**工作要求具备的性格**	**具 体 要 求**
1	协作精神	要求工作者乐于与他人协作,并在工作中表现出和善、合作的态度
2	可靠性	要求工作者可靠地、有责任感地、值得信赖地履行自己的职责
3	自制能力	要求工作者即使在十分艰难的情况下,也要保持镇静,克制自己,控制怒火,避免过激行为
4	关心他人	要求工作者能够体察他人的需要,体谅他人的感受,理解他人的工作并提供帮助
5	正直	要求工作者诚实、有道德感

从业者追求的工作满足		
TOP1	**职业兴趣**	**兴 趣 描 述**
1	社会性	社会性职业通常涉及与他人协作、沟通以及教育他人的活动。这类职业经常要求工作者为他人提供帮助或服务
TOP1	**工作价值观**	**价值观内涵**
1	人际关系	满足此项工作价值观的职业允许工作者为他人提供服务,并在非竞争性的友好环境中与同事协作。工作者的职业需要是具有同样道德价值观的同事和为社会服务的属性

从业者追求的工作满足		
TOP5	企业氛围	具 体 内 容
1	保障	该项工作的从业者有稳定的就业
2	独立性	该项工作的从业者可以独立完成工作
3	活动	该项工作的从业者随时都很忙碌、充实
4	成就	该项工作的从业者有成就感
5	自我管理	该项工作的从业者在规划自己的工作时很少受到监管

职业招聘广告示例

某公司招聘导游和陪游,要求如下。

导游

任职资格:

1. 持有国家导游证,具有较强的语言表达能力和沟通能力,应变能力强;

2. 对工作认真负责,责任心强,形象气质佳。

数据来源:麦可思(MyCOS)-中国职业信息数据库

表 3-13 企业型——个人理财顾问的真实职业环境一览表

职 业 描 述
个人理财顾问:利用税收、投资策略、证券、保险、养老金和不动产等方面的知识为客户制订理财计划。其职责包括评估用户的资产、债务、现金流情况、保险范围、税收状况、财务目标等,并据此制定投资策略

从业者的工作要求	
TOP16	工 作 任 务
1	分析由客户处取得的财务信息,制订计划,以达到客户的财务目标
2	回答客户关于财务计划和战略目标的细节问题
3	建立并维护客户关系,并在保持当前客户计划的基础上发展新的客户
4	定期会见客户,以确定他们的财政状况是否有变动
5	设计债务清算计划,包括清算优先权和时间顺序
6	为客户介绍并提供不同类型的服务,承担个人财务顾问的责任
7	为个人、团体介绍提供给大学生的财政服务项目,如贷款、奖学金等
8	为客户收集信息并进行指导,涉及银行账户、个人所得税、生命和残疾保险记录、退休金计划和遗嘱等方面
9	为客户推荐财务计划,或将客户交给能帮助他们执行计划的人士
10	面见客户,通过参考其当前的收入、支出、保险涉及范围、税收状况、财政目标、风险承受力等信息,帮助他们制订财务计划
11	监督市场趋势以保证计划的有效性,识别任何必要的更新
12	为客户介绍投资情况报告、财务文件摘要、收入预测等方面的信息
13	为客户推荐能帮助他们实现财政目标的策略,包括现金管理计划、保险责任范围设定和投资计划等方面的具体建议
14	研究并调查现存的投资机会以确定他们是否适合财务计划
15	定期评估客户账户和计划,以确定周期变化、经济变化或财政表现是否需要重新评估

从业者的工作要求		
16	在有相应资格的前提下出售金融产品,如股票、债券、共同基金和保险	
TOP5	工作要求具备的主要技能	举例说明
1	基本技能——积极聆听	听懂客户的订货
2	基本技能——有效的口头沟通	迎接游客并介绍景点
3	基本技能——数学解法	计算应付金额
4	社交技能——服务他人	根据观察询问顾客是否需要添菜
5	系统技能——判断和决策	判断安排职工休假是否影响工作
TOP5	工作需要的知识	具体的知识结构
1	经济学与会计	关于经济和会计的原则与实践、金融市场、银行业以及对金融数据进行分析和报告的知识
2	数学	关于算术、代数、几何、微积分、统计的知识
3	行政与管理	关于战略策划、资源分配、人力资源建模、领导技巧、生产方法和人员及资源的协调的商业与管理的原理
4	中文语言	关于汉语语言结构和内容的知识,包括字词的书写和意义、构成规则和语法
5	消费者服务与个人服务	关于向顾客和个人提供服务的原理和过程的知识,这包括评估顾客需求,达到服务质量标准,确定顾客的满意程度

工作要求的任职资格	资格分类	资格级别
任职资格——要求中等程度职务准备	总体经验	要求工作者具备与此职业相关的技能、知识和工作经验。例如,在成为一个电工之前必须有三年或四年的学徒或者职业培训经历。通常还要求工作者通过从业资格考试并获取证书方能工作
	在职培训	从业者需要接受一年或两年的培训,包括在职工作经验的积累和接受经验丰富的工作者的指导
	任职资格举例	通常要求从业者运用沟通技巧和组织能力协调、监督、管理或培训他人以达到目标。例如,电工、法律秘书、采访人员以及保险销售代理人
	教育背景	这个级别的任职资格中的大多数职业要求从业者接受过职业培训学校的培训,具备在职工作经验或者大中专文凭

TOP5	工作方式和环境	具体要求
1	站立的时间	该工作需要从业者长时间站立工作
2	接触有暴力倾向的人	从业者需要经常接触有暴力倾向者
3	协调或领导他人	协调或领导他人完成工作
4	出现冲突的频率	该从业者会面对频繁的冲突性局面
5	犯错的后果	如果从业者犯了一个无法马上纠正的错误,该错误的后果会很严重
TOP5	工作活动	具体要求
1	与他人互动	与组织之外的人员沟通

从业者的工作要求			
2	资讯输入		获取信息
3	资讯处理过程		处理资讯
4	资讯处理过程		对数据或资讯进行分析
5	工作产出		建立档案或将信息记录在案
TOP5	类 别	工作要求的智体能力	具 体 要 求
1	认识智能	运算能力	快速并正确地完成加、减、乘、除运算的能力
2	认识智能	会话理解能力	通过倾听,理解口头词句所包含的信息和思想的能力
3	认识智能	对问题的敏感度	指出错误或识别可能发生的错误的能力,但不包括解决该问题
4	认识智能	数学推理能力	选择正确的数学方法或公式解决问题的能力
5	认识智能	口头表达能力	与他人进行口头交流,使其明白自己传达的信息和思想的能力

从业者追求的工作满足		
TOP1	职业兴趣	兴 趣 描 述
1	社会性	社会性职业通常涉及与他人协作、沟通以及教育他人的活动。这类职业经常要求工作者为他人提供帮助或服务
TOP2	工作价值观	价值观内涵
1	人际关系	满足此项工作价值观的职业允许工作者为他人提供服务,并在非竞争性的友好环境中与同事协作。工作者的职业需要是具有同样道德价值观的同事和为社会服务的属性
2	成就感	满足此项工作价值观的职业看重工作结果,通过成就感的刺激使工作者的能力得到最大程度的发挥。工作者的职业需要是才能的充分发挥与成就感
TOP5	企业氛围	具 体 内 容
1	道德观	该项工作的从业者不会被强迫做违背他们道德判断的事
2	自我管理	该项工作的从业者在规划自己的工作时很少受到监管
3	责任	该项工作的从业者可以做决策并负责
4	公司政策和惯例	该项工作的从业者受到公司的公平对待
5	同事	该项工作的从业者有容易共处的同事

职业招聘广告示例

某公司招聘个人理财顾问,要求如下。

个人理财顾问

任职资格:

1. 大专及以上学历,年龄 23 岁以上,性别不限;

2. 形象良好,沟通能力强,有稳定的客户资源和较高的活动策划能力;

3. 市场拓展能力强,具有较强的陌生拜访及挖掘客户能力;

4. 待人接物大方得体,细致耐心;

5. 有较强的服务意识,善于沟通协调,能够适应高效率的工作环境;

6. 工作积极主动,认真负责;做事有条理,善于处理繁杂事务;

7. 虚心好学,善于思考,善于在工作中总结、改进和提高。

数据来源:麦可思(MyCOS)-中国职业信息数据库

表 3-14 企业型——信贷经纪人的真实职业环境一览表

职 业 描 述

信贷经纪人：对是否批准商业、房地产或信用贷款作出评估或推荐，为贷款人的融资状况和支付方式提出建议。包括抵押贷款官员、账务分析专员、贷款服务员和信贷保险员

从业者的工作要求

TOP13	主 要 任 务
1	批准权限内的贷款，权限外的贷款需申请上级批准
2	与申请人会面，获取贷款申请信息并解答处理过程中遇到的问题
3	对申请人的财务状况、信用和资产评估进行分析，确定放贷的可能性
4	向客户介绍不同的贷款类型
5	获取并编辑申请人的信用记录、法人的财务状况和其他财务信息
6	检查并升级信用文件
7	检查信贷协议以保证其完全合法
8	计算支付安排
9	为满足客户需求，掌握最新的贷款种类和其他金融服务种类
10	委托信用分析人对委托员进行认证并获得参考建议
11	解决消费者的意见
12	与客户共同制定并落实财务目标
13	与保险从业者共同解决贷款申请问题

TOP5	工作要求具备的主要技能	举 例 说 明
1	基本技能——积极聆听	听懂客户的订货
2	资源管理技能——时间管理	制定每月会议日程表
3	基本技能——理解性阅读	阅读填表说明
4	社交技能——说服他人	劝说他人进行慈善捐款
5	基本技能——有效的口头沟通	迎接游客并介绍景点

TOP5	工作需要的知识	具体的知识结构
1	销售与营销	关于展示、促销产品及提供服务的原则和方法的知识，包括营销战略和策略、产品展示和销售的技巧及销售控制体系
2	消费者服务与个人服务	关于向顾客和个人提供服务的原理和过程的知识，包括评估顾客需求，达到服务质量标准，确定顾客的满意程度
3	经济学与会计	关于经济和会计的原则与实践、金融市场、银行业以及对金融数据进行分析和报告的知识
4	中文语言	关于汉语语言结构和内容的知识，包括字词的书写和意义、构成规则和语法
5	数学	关于算术、代数、几何、微积分、统计的知识

从业者的工作要求		
工作要求的任职资格	资格分类	资格级别
任职资格——要求中等程度职务准备的职业	总体经验	要求工作者具备与此职业相关的技能、知识和工作经验。例如,在成为一个电工之前必须有三年或四年的学徒或者职业培训经历。通常还要求工作者通过从业资格考试并获取证书方能工作
	在职培训	从业者需要接受一年或两年的培训,包括在职工作经验的积累和接受经验丰富的工作者的指导
	任职资格举例	通常要求从业者运用沟通技巧和组织能力协调、监督、管理或培训他人以达到目标。例如,电工、法律秘书、采访人员以及保险销售代理人
	教育背景	这个级别的任职资格中的大多数职业要求从业者接受过职业培训学校的培训,具备在职工作经验或者大中专文凭

TOP5	工作方式和环境	具体要求
1	结构性工作和非结构性工作的比例	该工作不允许从业者自己决定工作任务、优先顺序和最终目标
2	精确的重要性	该工作对精确度的要求很高
3	久坐的时间	该工作需要从业者长时间坐着工作
4	进行决策的自由度	该工作可为从业者提供不受监管的自由决策空间
5	决策对同事或公司业绩的影响	从业者所做的决策将影响同事工作成果、对客户的服务以及公司的业绩

TOP5	工作活动	具体要求
1	资讯处理过程	做出决策,解决问题
2	资讯处理过程	处理资讯
3	资讯处理过程	对数据或资讯进行分析
4	与他人互动	为公众服务或跟公众一起活动
5	资讯输入	获取信息

TOP5	类别	工作要求的智体能力	具体要求
1	认识智能	会话理解能力	通过倾听,理解口头词句所包含的信息和思想的能力
2	认识智能	口头表达能力	与他人进行口头交流,使其明白自己传达的信息和思想的能力
3	感觉能力	话语的清晰度	清楚表达以使他人理解的能力
4	认识智能	阅读理解能力	阅读并理解书面信息和思想的能力
5	认识智能	归纳推理能力	将零散信息组合,从中找到一般规律或结论(包括在看似没有联系的事件之间找出相互关系)的能力

TOP5	工作要求具备的性格	具体要求
1	正直	要求工作者诚实,有道德感
2	社交取向	要求工作者相对于独自工作而言,更喜欢与他人一起工作,并与他人在工作上关系融洽

从业者的工作要求		
3	可靠性	要求工作者可靠地、有责任感地、值得信赖地履行自己的职责
4	分析思考	要求工作者分析资讯,运用逻辑思维处理工作相关问题
5	细微观察	要求工作者在工作中注重细节,细致地完成任务

从业者追求的工作满足		
TOP1	职业兴趣	兴趣描述
1	企业性	企业性的职业通常涉及发起和完成项目,领导他人并做出决策。这类职业常常要处理各种商业事务,并且有时还要承担风险
TOP2	工作价值观	价值观内涵
1	支持	满足此项工作价值观的职业为工作者提供支持性管理。工作者的职业需要是公司政策、监管、人事关系与管理、技术的支持
2	人际关系	满足此项工作价值观的职业允许工作者为他人提供服务,并在非竞争性的友好环境中与同事协作。工作者的职业需要是具有同样道德价值观的同事和为社会服务的属性
TOP5	企业氛围	具体内容
1	社会服务	该项工作可以使从业者为其他人做贡献
2	活动	该项工作的从业者随时都很忙碌、充实
3	自我管理	该项工作的从业者在规划自己的工作时很少受到监管
4	监督/人力关系	该项工作从业者的上级管理者通过管理对手下的员工进行支持
5	保障	该项工作的从业者有稳定的就业

职业招聘广告示例

某公司招聘信贷经纪人,要求如下。

信贷审贷员

岗位职责:

1. 准确地评估业务风险,高效地审查贷款申请;

2. 与经销商/个人金融部信贷员进行必要的联系,保证业务的合法性,降低业务风险;

3. 安排信贷员进行现场调查;

4. 完成公司委托的其他工作。

任职资格:

1. 35岁以下;

2. 金融、财务类专业专科及以上学历;

3. 丰富的信贷审查知识,较强的风险意识和风险判断能力;

4. 敬业、认真、细致、责任感强,熟练使用 Office 软件,具有基本网络知识。

数据来源:麦可思(MyCOS)-中国职业信息数据库

表 3-15　事务型——行政秘书和行政助理的真实职业环境一览表

职业描述

行政秘书和行政助理:通过进行调查、准备数据报告的方式处理信息需求,并履行准备信件、接待访客、安排电话会议以及确定开会时间等职责,完成高质量的行政管理工作。有时需要培训和指导业务水平较低的职员

从业者的工作要求		
TOP9	**主 要 任 务**	
1	处理并维护主管的日程表	
2	使用文字处理、表格、数据库或演示软件准备发票、报告、备忘录、信件、财政决算和其他文件	
3	阅读和分析收到的备忘录、提案和报告,以确定其重要性并进行计划和分配	
4	接收信件(包括传真和电子邮件),并对其进行整理和分发	
5	将公司文件、记录和报告取回并进行归档	
6	接待访客,并对领导能否接见该人做出决定	
7	准备回复进行常规询问的信件	
8	履行一般办公室职责,譬如定购供应品、维护记录管理系统和执行基本的簿记工作	
9	为委员会、董事会和其他会议准备议程并做安排	
TOP5	**工作要求具备的主要技能**	**举例说明**
1	基本技能——积极聆听	听懂客户的订货
2	基本技能——理解性阅读	阅读填表说明
3	资源管理技能——时间管理	制定每月会议日程表
4	基本技能——有效的口头沟通	迎接游客并介绍景点
5	基本技能——针对性写作	记录电话留言
TOP5	**工作需要的知识**	**具体的知识结构**
1	文秘	关于行政、文书记录程序和系统的知识,例如:文字处理、文件和记录归档、速记和誊写、表格设计以及其他办公程序和专业用语
2	中文语言	关于汉语语言结构和内容的知识,包括字词的书写和意义、构成规则和语法
3	消费者服务与个人服务	关于向顾客和个人提供服务的原理和过程的知识,这包括评估顾客需求,达到服务质量标准,确定顾客的满意程度
4	计算机与电子学	关于线路板、处理器、芯片、电子设备和电脑软硬件的知识,包括软件应用和程序编写
5	行政与管理	关于战略策划、资源分配、人力资源建模、领导技巧、生产方法和人员及协调资源的商业与管理原理
工作要求的任职资格	**资 格 分 类**	**资 格 级 别**
任职资格——要求中等程度职务准备的职业	总体经验	要求工作者具备与此职业相关的技能、知识和工作经验。例如:在成为一个电工之前必须有三年或四年的学徒或者职业培训经历。通常还要求工作者通过从业资格考试并获取证书方能工作
	在职培训	从业者需要接受一年或两年的培训,包括在职工作经验的积累和接受经验丰富的工作者的指导
	任职资格举例	通常要求从业者运用沟通技巧和组织能力协调、监督、管理或培训他人以达到目标。例如:电工、法律秘书、采访人员以及保险销售代理人
	教育背景	这个级别的任职资格中的大多数职业要求从业者接受过职业培训学校的培训,具备在职工作经验或者大中专文凭

从业者的工作要求

TOP5	工作方式和环境		具 体 要 求
1	久坐的时间		该工作需要从业者长时间坐着工作
2	工作的重复性		不停地重复同样的身体动作(例如:录入数据)或智力活动(例如:检查分类账的录入)
3	结构性工作和非结构性工作的比例		该工作不允许从业者自己决定工作任务、优先顺序和最终目标
4	与工作小组合作		与他人组成的团队合作对该工作很重要
5	精确的重要性		该工作对精确度的要求很高
TOP5	工作活动		具 体 要 求
1	与他人互动		执行行政管理活动
2	工作产出		操作计算机
3	资讯输入		获取信息
4	与他人互动		与上级、同级人员或下属沟通
5	与他人互动		建立并维持人际关系
TOP5	类 别	工作要求的智体能力	具 体 要 求
1	认识智能	会话理解能力	通过倾听,理解口头词句所包含的信息和思想的能力
2	认识智能	书面表达能力	使用书面语言,传递可被他人理解的信息和思想
3	认识智能	阅读理解能力	阅读并理解书面信息和思想的能力
4	认识智能	口头表达能力	与他人进行口头交流使其明白自己传达的信息和思想的能力
5	感觉能力	话语的清晰度	清楚表达以使他人理解的能力
TOP5	工作要求具备的性格		具 体 要 求
1	协作精神		要求工作者乐于与他人协作,并在工作中表现出和善、合作的态度
2	细微观察		要求工作者在工作中注重细节,细致地完成任务
3	可靠性		要求工作者可靠地、有责任感地、值得信赖地履行自己的职责
4	正直		要求工作者诚实、有道德感
5	关心他人		要求工作者能够体察他人的需要,体谅他人的感受,理解他人的工作

从业者追求的工作满足

TOP1	职业兴趣	兴 趣 描 述
1	常规性	常规性职业通常要求工作者依照已有程序、规则处理数据和完成一些琐碎工作,而不需要在工作中表现出独创性思维。通常工作中有明确的上下级关系
TOP2	工作价值观	价值观内涵
1	支持	满足此项工作价值观的职业为工作者提供支持性管理。工作者的职业需要是公司政策、监管、人事关系与管理、技术的支持
2	人际关系	满足此项工作价值观的职业允许工作者为他人提供服务,并在非竞争性的友好环境中与同事协作。工作者的职业需要是具有同样道德价值观的同事和为社会服务的属性

		从业者追求的工作满足
TOP5	企业氛围	具 体 内 容
1	能力使用	该项工作的从业者可以发挥他们的个人能力
2	同事	该项工作的从业者有容易共处的同事
3	成就	该项工作的从业者有成就感
4	社会服务	该项工作可以使从业者为其他人做贡献
5	监督/人力关系	该项工作从业者的上级管理者通过管理对手下的员工进行支持

职业招聘广告示例

某公司招聘行政秘书和行政助理,要求如下。

行政秘书/行政助理

岗位职责:

1. 协助经理完成日常行政工作,处理公司内务;

2. 传达通知,筹备招聘,分发文件等相关业务事宜;

3. 制订方案计划,协同完成团队目标等。

任职资格:

1. 大专学历以上(应届毕业生亦可);

2. 英语口语良好,具有良好的待人接物能力和团队合作精神,具备一定的独立作业能力;

3. 较强的沟通能力、进取心和学习能力。

数据来源:麦可思(MyCOS)-中国职业信息数据库

表 3-16 事务型——货运代理的真实职业环境一览表

职 业 描 述
货运代理:负责航空、铁路、公路及水路的货运工作,加快货物的流通速度;受理顾客的货运服务要求,按顾客的要求装载货物并送到装载处;准备并检查相关单据,据此确定应收取的装载费用和关税

		从业者的工作要求
TOP5		主 要 任 务
1		与海运或货物公司谈判并安排物品运输
2		在货物或行李抵达后通知收件人、乘客或顾客,并安排递送
3		在运输和付款方式上给客户建议
4		登记货单(包括行李、邮件、货重和乘机人数等),并将数据传送到目的地
5		确定装运方式,准备装载单、发票和其他运输文件
TOP5	工作要求具备的主要技能	举 例 说 明
1	基本技能——理解性阅读	阅读填表说明
2	基本技能——积极聆听	听懂客户的订货
3	基本技能——批判性思维	判断下属是否有正当的迟到理由
4	基本技能——有效的口头沟通	迎接游客并介绍景点
5	社交技能——谈判技能	组织多人合作
TOP5	工作需要的知识	具体的知识结构
1	运输	关于航空、铁路、海洋或公路运输的原则和方法的知识,包括相关成本和收益

	从业者的工作要求	
2	消费者服务与个人服务	关于向顾客和个人提供服务的原理和过程的知识,包括评估顾客需求,达到服务质量标准,确定顾客的满意程度
3	中文语言	关于汉语语言结构和内容的知识,包括字词的书写和意义、构成规则和语法
4	计算机与电子学	关于线路板、处理器、芯片、电子设备和电脑软硬件的知识,包括软件应用和程序编写
5	行政与管理	关于战略策划、资源分配、人力资源建模、领导技巧、生产方法和人员及资源的协调的商业与管理的原理

工作要求的任职资格	资格分类	资格级别
任职资格——要求初级程度职务准备的职业	总体经验	最好已掌握一些与本职业有关的技能、知识或经验,但通常不强求。例如,接触客户的工作经验对成为出纳员有所帮助,但没有这类工作经验的人也能很容易地成为合格银行出纳员
	在职培训	需要与经验丰富的工作者一起工作,时间从几个月到一年不等
	任职资格举例	通常要求从业者运用知识和技能为他人提供帮助。例如:钣金工、客户服务代表、药房技师、售货员(零售)以及银行出纳员
	教育背景	通常要求从业者具备高中文凭,有时可能要求从业者参加过与工作相关的培训课程。在某些情况下,要求从业者拥有专科学历

TOP5	工作方式和环境	具体要求
1	进行决策的自由度	该工作可为从业者提供不受监管的自由决策空间
2	在环境可控的室内工作	该工作需要从业者经常在环境可控的室内工作
3	精确的重要性	该工作对精确度的要求很高
4	接触外部顾客	与外部顾客或公众合作对该工作很重要
5	电子邮件	经常使用电子邮件

TOP5	工作活动	具体要求
1	资讯处理过程	做出决策,解决问题
2	资讯输入	获取信息
3	工作产出	操作计算机
4	与他人互动	建立并维持人际关系
5	资讯处理过程	处理资讯

TOP5	类别	工作要求的智体能力	具体要求
1	认识智能	会话理解能力	通过倾听,理解口头词句所包含的信息和思想的能力
2	认识智能	口头表达能力	与他人进行口头交流,使其明白自己传达的信息和思想的能力
3	认识智能	阅读理解能力	阅读并理解书面信息和思想的能力
4	感觉能力	话语的清晰度	清楚表达以使他人理解的能力

续表

从业者的工作要求			
5	感觉能力	对话时的听力	听清他人说话的能力
TOP5	工作要求具备的性格		具 体 要 求
1	细微观察		要求工作者在工作中注重细节,细致地完成任务
2	独立性		要求工作者用自己特有的方式行事,在不被监督的情况下自我管理并独立完成任务
3	可靠性		要求工作者可靠地、有责任感地、值得信赖地履行自己的职责
4	正直		要求工作者诚实、有道德感
5	协作精神		要求工作者乐于与他人协作,并在工作中表现出和善、合作的态度

从业者追求的工作满足		
TOP1	职业兴趣	兴 趣 描 述
1	常规性	常规性职业通常要求工作者依照已有程序、规则处理数据并完成一些琐碎工作,而不需要在工作中表现出独创性思维。通常工作中有明确的上下级关系
TOP2	工作价值观	价值观内涵
1	支持	满足此项工作价值观的职业为工作者提供支持性管理。工作者的职业需要是公司政策、监管、人事关系与管理、技术的支持
2	人际关系	满足此项工作价值观的职业允许工作者为他人提供服务,并在非竞争性的友好环境中与同事协作。工作者的职业需要是具有同样道德价值观的同事和为社会服务的属性
TOP5	企业氛围	具 体 内 容
1	工作提升空间	该项工作的从业者有提升的机会
2	报酬	与其他从业者相比,该项工作的从业者报酬较丰厚
3	独立性	该项工作的从业者可以独立完成工作
4	同事	该项工作的从业者有容易共处的同事
5	活动	该项工作的从业者随时都很忙碌、充实

职业招聘广告示例

某公司招聘货运代理,要求如下。

货运代理/运输经理

任职资格:

1. 招聘有货运代理和国内、国际运输管理经验的人才;

2. 会日语者待遇从优。

数据来源:麦可思(MyCOS)-中国职业信息数据库

3.3 少高薪职业者专业

本节为读者提供的表格是:

● 表 3-17　2009 届高职毕业生所从事的主要**高薪职业及其对应专业**(附：毕业半年后的平均月收入)

这张表格按 2009 届高职毕业生从事的职业所获得的月收入排序，每个职业都给出了与其匹配度最高（从事该职业比例最高）的前三个专业。为方便读者查询，均附上了专业代码和该专业毕业生从事这一职业半年后的平均月收入。

这里需要提醒读者注意的是以下几点：

（1）从事同一职业，不同专业背景的毕业生每月平均收入并不相同，甚至可能存在很大差距。例如，排在高职毕业生职业薪资榜首位的航空器机械和服务技术员，该职业平均月收入为 3290 元，在与其匹配度最高的前 3 个专业中，毕业生半年后的月收入高的可达 3399 元，低的则为 1525 元，甚至不抵前者的一半。薪资虽然只是不同专业间差别的其中一种表现，但从职业角度出发，月收入的不同可以为专业选择提供最后的参考。

（2）表格为读者提供的只是一个思考角度，或许你会发现自己喜欢和向往的职业恰好薪水很高，也有可能你心仪的专业并不那么容易通向一个高薪的职业。毕竟职业定位首先应当遵循的是自身的性格、能力，薪资只是其中一项参考指标。

（3）表格中的职业仅列举了有代表性的几种，并不代表从事该职业的高职毕业生就能拿到相应的职称。

表 3-17　2009 届高职毕业生所从事的主要高薪职业及其对应专业
（附：毕业半年后的平均月收入）

收入排序	职业名称	从事该职业的高职毕业生毕业半年后的平均月收入/元	专业排序	专业编码	从事该职业比例最高的高职专业名称	从事该职业的该专业高职毕业生毕业半年后的平均月收入/元
全国 2009 届高职平均水平						1890
1	航空器机械和服务技术员	3290	1	520506	航空机电设备维修	3399
			2	520507	航空电子设备维修	3155
			3	580201	机电一体化技术	1525
2	建筑经理	3066	1	560301	建筑工程技术	2431
			2	560502	工程造价	3260
			3	560504	工程监理	2925
3	总经理和日常主管	2814	1	620401	市场营销	3278
			2	620505	物流管理	2187
			3	580201	机电一体化技术	3536
4	销售经理	2701	1	620401	市场营销	2821
			2	620505	物流管理	2995
			3	620405	电子商务	3000
5	房地产销售经纪人	2612	1	560701	房地产经营与估价	2981
			2	620401	市场营销	3011
			3	620505	物流管理	3213

收入排序	职业名称	从事该职业的高职毕业生毕业半年后的平均月收入/元	专业排序	专业编码	从事该职业比例最高的高职专业名称	从事该职业的该专业高职毕业生毕业半年后的平均月收入/元
6	市场经理	2604	1	620401	市场营销	2933
			2	620505	物流管理	2778
			3	660108	商务英语	2709
7	食品服务经理	2595	1	640106	酒店管理	2115
			2	620505	物流管理	1540
			3	620405	电子商务	1620
8	房地产经纪人	2538	1	620401	市场营销	2397
			2	620405	电子商务	2656
			3	560701	房地产经营与估价	2488
9	舰艇建造师	2516	1	520406	船舶工程技术	2393
			2	580201	机电一体化技术	2642
			3	520405	轮机工程技术	1740
10	汽艇机械技术员	2478	1	520406	船舶工程技术	2299
			2	520405	轮机工程技术	3240
			3	580201	机电一体化技术	2387
11	个人理财顾问	2428	1	620203	会计	2230
			2	620401	市场营销	3000
			3	590106	计算机信息管理	2243
12	工程经理	2406	1	560301	建筑工程技术	2122
			2	520108	道路桥梁工程技术	2906
			3	580201	机电一体化技术	3480
13	销售代表（医疗用品）	2366	1	620401	市场营销	2394
			2	620505	物流管理	1817
			3	660108	商务英语	1938
14	测量师	2356	1	520108	道路桥梁工程技术	2522
			2	540601	工程测量技术	2606
			3	580201	机电一体化技术	2060
15	证券经纪人	2325	1	620111	投资与理财	2190
			2	620401	市场营销	1825
			3	620505	物流管理	1950
16	销售工程师	2316	1	580201	电子商务	2031
			2	590101	计算机应用技术	1962
			3	660108	商务英语	2200
17	信贷面谈员和办事员	2302	1	620203	会计	1888
			2	620204	会计电算化	2550
			3	590101	计算机应用技术	2036

收入排序	职业名称	从事该职业的高职毕业生毕业半年后的平均月收入/元	专业排序	专业编码	从事该职业比例最高的高职专业名称	从事该职业的该专业高职毕业生毕业半年后的平均月收入/元
18	施工工程师	2294	1	560301	建筑工程技术	2271
			2	520108	道路桥梁工程技术	2467
			3	560502	工程造价	2696
19	保险代理人	2274	1	620505	物流管理	2430
			2	620203	会计	1558
			3	620204	会计电算化	1491
20	电子工程师（不包括计算机工程师）	2261	1	590201	电子信息工程技术	2265
			2	590202	应用电子技术	2342
			3	580201	机电一体化技术	1937
21	机械工程师	2256	1	580201	机电一体化技术	2163
			2	580106	模具设计与制造	2501
			3	580103	数控技术	2293
22	金融服务销售商	2237	1	620204	会计电算化	1543
			2	620401	市场营销	2043
			3	620203	会计	1701
23	测量技术员	2225	1	520108	道路桥梁工程技术	2398
			2	560301	建筑工程技术	2155
			3	560502	工程造价	2058
24	电气工程师	2202	1	580201	机电一体化技术	1971
			2	580202	电气自动化技术	2265
			3	590201	电子信息工程技术	2438
25	初级（非零售）销售主管	2200	1	620401	市场营销	2521
			2	620505	物流管理	2147
			3	660108	商务英语	1894
25	广告代理商	2200	1	620405	电子商务	2079
			2	590101	计算机应用技术	1729
			3	620401	市场营销	2115
27	土木工程技术员	2195	1	520108	道路桥梁工程技术	2453
			2	560301	建筑工程技术	2119
			3	560502	工程造价	1977
28	皮肤护理师	2193	1	630408	医疗美容技术	2811
			2	670105	人物形象设计	2292
			3	630201	护理	1540
29	机电技术员	2191	1	580201	机电一体化技术	2089
			2	580103	数控技术	2071
			3	580102	机械制造与自动化	2125

收入排序	职业名称	从事该职业的高职毕业生毕业半年后的平均月收入/元	专业排序	专业编码	从事该职业比例最高的高职专业名称	从事该职业的该专业高职毕业生毕业半年后的平均月收入/元
30	非农产品的批发和零售卖主	2166	1	660108	商务英语	1782
			2	660102	应用英语	1738
			3	620304	国际贸易实务	1757
31	计算机系统软件工程师	2164	1	590108	软件技术	2246
			2	590101	计算机应用技术	2036
			3	590102	计算机网络技术	1964
32	翻译员	2159	1	660108	商务英语	1951
			2	660110	商务日语	2093
			3	660107	应用韩语	2069
33	互联网开发师	2149	1	590108	软件技术	2115
			2	590101	计算机应用技术	2304
			3	590102	计算机网络技术	1965
34	销售代表（农产品和设备）	2143	1	660108	商务英语	1854
			2	620401	市场营销	2400
			3	620304	国际贸易实务	2088
35	暖气装置和空调机械技术员	2140	1	560402	供热通风与空调工程技术	2139
			2	550299	制冷与空调技术	1938
			3	580201	机电一体化技术	1700
36	计算机软件应用工程师	2135	1	590108	软件技术	2290
			2	590101	计算机应用技术	2083
			3	590102	计算机网络技术	1988
37	初级（零售）销售主管	2120	1	620401	市场营销	2271
			2	620505	物流管理	1895
			3	620405	电子商务	1730
38	工业生产经理	2116	1	580103	数控技术	2033
			2	520406	船舶工程技术	1740
			3	590201	电子信息工程技术	2250
39	运输、仓储及分配经理	2095	1	620505	物流管理	1913
			2	520605	报关与国际货运	2021
			3	620303	国际经济与贸易	2100
40	运输服务员（不包括航班乘务员和行李搬运工）	2089	1	520501	民航运输	2312
			2	620505	物流管理	1873
			3	520403	国际航运业务管理	1814
41	通讯设备安装者和修理技术员	2084	1	590201	电子信息工程技术	2313
			2	590301	通信技术	2347
			3	580201	机电一体化技术	2257

收入排序	职业名称	从事该职业的高职毕业生毕业半年后的平均月收入/元	专业排序	专业编码	从事该职业比例最高的高职专业名称	从事该职业的该专业高职毕业生毕业半年后的平均月收入/元
42	建筑技术员	2078	1	560301	建筑工程技术	1974
			2	560502	工程造价	1908
			3	520108	道路桥梁工程技术	2372
43	发电站、变电站和中继站的电子和电气修理技术员	2068	1	580202	电气自动化技术	1805
			2	580201	机电一体化技术	2050
			3	580203	生产过程自动化技术	2124
44	销售代表(机械设备和零件)	2060	1	660108	商务英语	1733
			2	620401	市场营销	2310
			3	580201	机电一体化技术	2189
45	其他销售代表、服务商	2050	1	620505	物流管理	2054
			2	620401	市场营销	2282
			3	660108	商务英语	1807
46	出纳员	2043	1	620203	会计	1867
			2	620204	会计电算化	1714
			3	620206	会计与审计	2525
47	化工厂和系统操作员	2041	1	530201	应用化工技术	2134
			2	530205	精细化学品生产技术	2284
			3	530202	有机化工生产技术	2109
48	行政服务经理	2029	1	590101	计算机应用技术	1500
			2	620405	电子商务	2114
			3	620501	工商企业管理	1829
49	电气及电子工程技术员	2025	1	590202	应用电子技术	1922
			2	590201	电子信息工程技术	2107
			3	580201	机电一体化技术	2145
49	工业工程技术员	2025	1	580201	机电一体化技术	2236
			2	580103	数控技术	2192
			3	580202	电气自动化技术	1938
51	导游和陪游	2024	1	640101	旅游管理	1862
			2	640103	导游	2394
			3	660109	旅游英语	1906
52	计算机程序师	2022	1	590108	软件技术	2040
			2	590101	计算机应用技术	1967
			3	590102	计算机网络技术	1863
53	旅店经理	2020	1	640106	酒店管理	2085
			2	640101	旅游管理	2236
			3	620405	电子商务	2057

续表

收入排序	职业名称	从事该职业的高职毕业生毕业半年后的平均月收入/元	专业排序	专业编码	从事该职业比例最高的高职专业名称	从事该职业的该专业高职毕业生毕业半年后的平均月收入/元
54	其他工程技术员（除了绘图员）	2018	1	560502	工程造价	1984
			2	560301	建筑工程技术	1718
			3	520108	道路桥梁工程技术	2347
55	销售代表（批发和制造业，不包括科技类产品）	2011	1	660108	商务英语	1877
			2	620401	市场营销	2202
			3	620505	物流管理	1800
56	通讯设备、机械安装和修理技术员	1997	1	590201	电子信息工程技术	1983
			2	590301	通信技术	2244
			3	590202	应用电子技术	1692
57	生产及操作人员的初级主管	1996	1	580201	机电一体化技术	1964
			2	580103	数控技术	2614
			3	620505	物流管理	2125
58	制图技术员	1995	1	560102	建筑装饰工程技术	2715
			2	560301	建筑工程技术	1984
			3	580103	数控技术	1540
59	宣传促销经理	1991	1	620405	电子商务	1565
			2	660108	商务英语	2100
			3	590101	计算机应用技术	2298
60	工厂设备安装技术员	1989	1	580201	机电一体化技术	2075
			2	580103	数控技术	1856
			3	580202	电气自动化技术	2163
61	家用器具修理技术员	1980	1	590202	应用电子技术	1950
			2	580201	机电一体化技术	1800
			3	550204	制冷与冷藏技术	1770
62	机械维护技术员	1978	1	580201	机电一体化技术	1968
			2	580103	数控技术	1816
			3	580102	机械制造与自动化	2041
63	电力辅助设备操作员	1977	1	580201	机电一体化技术	1920
			2	580202	电气自动化技术	1908
			3	580203	生产过程自动化技术	2056
64	兽医	1976	1	510301	畜牧兽医	1992
			2	510305	兽医	2025
			3	510399	养禽与禽病防治	1648
65	会议组织人员	1975	1	640101	旅游管理	1610
			2	640106	酒店管理	1869
			3	640198	会展策划与管理	2160

收入排序	职业名称	从事该职业的高职毕业生毕业半年后的平均月收入/元	专业排序	专业编码	从事该职业比例最高的高职专业名称	从事该职业的该专业高职毕业生毕业半年后的平均月收入/元
66	网络设计师	1974	1	590101	计算机应用技术	1750
			2	590102	计算机网络技术	1739
			3	620405	电子商务	2108
67	金属精炼炉操作员和维护员	1967	1	550102	冶金技术	2200
			2	580201	机电一体化技术	2009
			3	580103	数控技术	1963
67	销售代表（精密仪器）	1967	1	660108	商务英语	1558
			2	620304	国际贸易实务	1525
			3	580202	电气自动化技术	2007
69	办公室管理人员和行政工作人员的初级主管	1966	1	620505	物流管理	1888
			2	580201	机电一体化技术	2150
			3	620405	电子商务	1486
70	机械工、安装工和修理工的初级主管	1964	1	580103	数控技术	1877
			2	580201	机电一体化技术	2064
			3	580106	模具设计与制造	1707
70	数控设备加工程序编制员	1964	1	580103	数控技术	2007
			2	580201	机电一体化技术	1777
			3	580106	模具设计与制造	1967
72	高科技、加工业和技术产品的批发销售代表	1961	1	660108	商务英语	2051
			2	620405	电子商务	1575
			3	620401	市场营销	1888
73	会计和审计员	1955	1	620204	会计电算化	1548
			2	620203	会计	1777
			3	620206	会计与审计	1478
74	多媒体艺术家和动画专家	1951	1	670305	影视动画	2059
			2	590110	动漫设计与制作	1890
			3	670113	多媒体设计与制作	2000
75	机械工程技术员	1942	1	580201	机电一体化技术	2058
			2	580106	模具设计与制造	1781
			3	580103	数控技术	2082
76	培训和发展专家	1935	1	650204	人力资源管理	2185
			2	620501	工商企业管理	1360
			3	620106	金融保险	1386
77	初级主管、菜品烹调和服务人员的主管	1932	1	640101	旅游管理	2300
			2	640106	酒店管理	1947
			3	620505	物流管理	1800

收入排序	职业名称	从事该职业的高职毕业生毕业半年后的平均月收入/元	专业排序	专业编码	从事该职业比例最高的高职专业名称	从事该职业的该专业高职毕业生毕业半年后的平均月收入/元
78	电子工程技术员	1926	1	590201	电子信息工程技术	1971
			2	590202	应用电子技术	2014
			3	580201	机电一体化技术	1863
79	机电设备装配技术员	1925	1	580201	机电一体化技术	1840
			2	580103	数控技术	2115
			3	580106	模具设计与制造	2229
80	室内装饰技术员	1922	1	560102	建筑装饰工程技术	1842
			2	560105	环境艺术设计	1963
			3	560104	室内设计技术	1990
81	化学设备操作员和管理员	1917	1	530201	应用化工技术	2046
			2	580103	数控技术	1754
			3	530205	精细化学品生产技术	2358
82	货运代理	1916	1	620505	物流管理	2153
			2	520605	报关与国际货运	1696
			3	660108	商务英语	1844
82	园林建筑师	1916	1	510202	园林技术	1773
			2	560106	园林工程技术	1880
			3	560105	环境艺术设计	2171
82	电气工程技术员	1916	1	580202	电气自动化技术	1959
			2	580201	机电一体化技术	1844
			3	590202	应用电子技术	1732
85	数据库管理者	1913	1	590101	计算机应用技术	1900
			2	590102	计算机网络技术	1627
			3	590106	计算机信息管理	1814
86	采购员	1912	1	620505	物流管理	2115
			2	660108	商务英语	1867
			3	580201	机电一体化技术	1881
87	电厂操作员	1909	1	580201	机电一体化技术	2002
			2	550303	电厂热能动力装置	1791
			3	580202	电气自动化技术	2283
88	网络和计算机系统管理者	1902	1	590102	计算机网络技术	1819
			2	590101	计算机应用技术	1971
			3	590106	计算机信息管理	1844

注：个别专业因样本不足，数据暂缺。

数据来源：麦可思-中国 2009 届大学毕业生求职与工作能力调查

3.4　从产业需求看专业

正如 2.4 节中所提到的，一个职业往往可以为多个行业/产业所需要，同一专业在不同行业/产业中也会有不同的需求（例如，电气自动化技术这一专业不仅在装备制造业、轻工业等产业中需求量大，石化产业、汽车产业、电子信息产业等对其的需求也较旺盛）。因此，当所学的专业可以进入多个行业/产业时，行业/产业之间的比较就显得尤为重要了。

国家新近制定的产业振兴规划，确定了 11 个重点发展产业，加上旅游业，共 12 个重点发展产业。以培养高技术人才为主要任务的高职院校，如果将生产附加值高的产业作为考虑对象，比较不同专业的供需情况与就业质量，将为考生未来择业做出更好的指导。

本节特别列出 12 个国家振兴产业中对高职专业的需求（即当前供求关系判断）和进入该产业的高职毕业生在毕业半年后的月收入；另外，在表 3-19 和表 3-20 中还重点总结了当前国家振兴产业中需求旺盛的推荐高职专业，以及当前供大于求的慎选高职专业。参考当前的供需情况，能够在一定程度上对未来的就业前景进行预测，更好地帮助高考生和家长在确定职业目标时做出综合考虑，选择一只专业的"成长潜力股"。

本节表格如下：

- 表 3-18　12 个国家振兴产业对应的高职专业（附：半年后平均月收入）
- 表 3-19　国家振兴产业相关的、当前**需求旺盛**的高职专业（附：半年后平均月收入）
- 表 3-20　国家振兴产业相关的、当前**供大于求**的高职专业（附：半年后平均月收入）

表 3-18　12 个国家振兴产业对应的高职专业（附：毕业半年后平均月收入）

振兴产业	专业代码	各产业对应的主要高职专业名称	该产业对各高职专业人才需求量的排序	该专业在产业中毕业半年后平均月收入/元	当前供求关系判断
船舶工业	520405	轮机工程技术	7	2217	需求旺盛
	520406	船舶工程技术	8	2320	需求旺盛
	580202	电气自动化技术	9	1844	需求旺盛
	580108	焊接技术及自动化	12	2044	需求旺盛
	580201	机电一体化技术	1	1776	供求饱和
	580103	数控技术	2	1567	供求饱和
	580106	模具设计与制造	3	1799	供求饱和
	580402	汽车检测与维修技术	4	1607	供求饱和
	580102	机械制造与自动化	5	1747	供求饱和
	580101	机械设计与制造	6	1844	供求饱和
	590202	应用电子技术	10	1660	供求饱和
	520104	汽车运用技术	11	1411	供求饱和

续表

振兴产业	专业代码	各产业对应的主要高职专业名称	该产业对各高职专业人才需求量的排序	该专业在产业中毕业半年后平均月收入/元	当前供求关系判断
电子信息产业	580202	电气自动化技术	10	1744	需求旺盛
	590101	计算机应用技术	1	1756	供求饱和
	590102	计算机网络技术	2	1710	供求饱和
	590201	电子信息工程技术	4	1814	供求饱和
	590202	应用电子技术	5	1755	供求饱和
	580201	机电一体化技术	7	1746	供求饱和
	590301	通信技术	8	1844	供求饱和
	590106	计算机信息管理	9	1749	供求饱和
	580102	机械制造与自动化	11	1689	供求饱和
	580103	数控技术	12	1717	供求饱和
	590107	网络系统管理	13	1690	供求饱和
	590108	软件技术	3	2026	供大于求
	620405	电子商务	6	1647	供大于求
纺织工业	610201	现代纺织技术	3	1431	需求旺盛
	610101	染整技术	7	1725	需求旺盛
	610102	高分子材料加工技术	10	1532	需求旺盛
	610292	染整工程	11	1796	需求旺盛
	610202	针织技术与针织服装	12	1656	需求旺盛
	580202	电气自动化技术	14	1943	需求旺盛
	610206	纺织品装饰艺术设计	15	1506	需求旺盛
	610207	新型纺织机电技术	16	1289	需求旺盛
	610204	服装设计	1	1528	供求饱和
	660108	商务英语	2	1737	供求饱和
	660102	应用英语	5	1956	供求饱和
	580201	机电一体化技术	6	1498	供求饱和
	660107	应用韩语	9	1511	供求饱和
	620304	国际贸易实务	13	1744	供求饱和
	530201	应用化工技术	17	1500	供求饱和
	620401	市场营销	18	2052	供求饱和
	590101	计算机应用技术	20	1493	供求饱和
	590201	电子信息工程技术	21	1532	供求饱和
	610297	服装设计与工程	4	1781	供大于求
	610208	纺织品检验与贸易	8	1438	供大于求
	620405	电子商务	19	1571	供大于求
	610298	服装设计与制作	22	1554	供大于求

振兴产业	专业代码	各产业对应的主要高职专业名称	该产业对各高职专业人才需求量的排序	该专业在产业中毕业半年后平均月收入/元	当前供求关系判断
钢铁产业	540601	工程测量技术	1	2375	需求旺盛
	580202	电气自动化技术	4	1750	需求旺盛
	530209	化工设备维修技术	10	1900	需求旺盛
	540201	矿山地质	11	1800	需求旺盛
	540202	工程地质勘查	12	2500	需求旺盛
	540204	钻探技术	13	2000	需求旺盛
	540301	煤矿开采技术	15	2067	需求旺盛
	540399	地质工程	16	1500	需求旺盛
	550102	冶金技术	2	2188	供求饱和
	580201	机电一体化技术	3	1650	供求饱和
	580182	工业电气自动化	5	1671	供求饱和
	530201	应用化工技术	6	1867	供求饱和
	580102	机械制造与自动化	7	1812	供求饱和
	660205	化学教育	8	1800	供求饱和
	580106	模具设计与制造	14	1535	供求饱和
	560301	建筑工程技术	17	2113	供求饱和
	580101	机械设计与制造	18	1676	供求饱和
	580103	数控技术	19	1670	供求饱和
	590101	计算机应用技术	20	1596	供求饱和
	590301	通信技术	23	1700	供求饱和
	530101	生物技术及应用	9	1667	供大于求
	590108	软件技术	21	1489	供大于求
	590189	计算机科学与技术	22	1433	供大于求
	620599	工商管理	24	2505	供大于求
旅游业	640101	旅游管理	1	1749	供求饱和
	640106	酒店管理	2	1786	供求饱和
	660108	商务英语	3	1678	供求饱和
	660109	旅游英语	4	1732	供求饱和
	620401	市场营销	7	1887	供求饱和
	590101	计算机应用技术	9	1598	供求饱和
	620505	物流管理	10	1534	供求饱和
	590102	计算机网络技术	12	1425	供求饱和
	640103	导游	5	1953	供大于求
	620405	电子商务	6	1601	供大于求
	640202	烹饪工艺与营养	8	1433	供大于求
	640190	旅游与酒店管理	11	1531	供大于求
	590108	软件技术	13	1584	供大于求

振兴产业	专业代码	各产业对应的主要高职专业名称	该产业对各高职专业人才需求量的排序	该专业在产业中毕业半年后平均月收入/元	当前供求关系判断
汽车产业	580403	汽车电子技术	4	1489	需求旺盛
	580202	电气自动化技术	13	1778	需求旺盛
	580492	汽车经营与管理	14	3333	需求旺盛
	580402	汽车检测与维修技术	1	1477	供求饱和
	520104	汽车运用技术	2	1740	供求饱和
	580405	汽车技术服务与营销	3	2167	供求饱和
	620401	市场营销	5	2140	供求饱和
	590101	计算机应用技术	6	1533	供求饱和
	620505	物流管理	7	1757	供求饱和
	580201	机电一体化技术	8	1773	供求饱和
	530201	应用化工技术	10	1450	供求饱和
	560702	物业管理	11	1638	供求饱和
	580103	数控技术	12	1602	供求饱和
	620204	会计电算化	15	1411	供求饱和
	620303	国际经济与贸易	9	2090	供大于求
轻工业	580202	电气自动化技术	9	1673	需求旺盛
	670110	雕刻艺术与家具设计	19	1974	需求旺盛
	580201	机电一体化技术	1	1637	供求饱和
	580103	数控技术	2	1740	供求饱和
	580102	机械制造与自动化	3	1794	供求饱和
	660108	商务英语	4	1778	供求饱和
	580106	模具设计与制造	5	1662	供求饱和
	620401	市场营销	6	2029	供求饱和
	620505	物流管理	7	1695	供求饱和
	590101	计算机应用技术	11	1674	供求饱和
	670101	艺术设计	12	1830	供求饱和
	660102	应用英语	13	1866	供求饱和
	590109	图形图像制作	15	1522	供求饱和
	620204	会计电算化	17	1506	供求饱和
	530302	生物制药技术	18	1831	供求饱和
	670106	装潢艺术设计	20	1630	供求饱和
	530205	精细化学品生产技术	21	2112	供求饱和
	590102	计算机网络技术	22	1639	供求饱和
	530101	生物技术及应用	8	1484	供大于求
	620405	电子商务	10	1593	供大于求
	660110	商务日语	14	1597	供大于求
	610302	食品营养与检测	16	1451	供大于求

振兴产业	专业代码	各产业对应的主要高职专业名称	该产业对各高职专业人才需求量的排序	该专业在产业中毕业半年后平均月收入/元	当前供求关系判断
石化产业	580202	电气自动化技术	3	1796	需求旺盛
	540401	钻井技术	8	3543	需求旺盛
	540402	油气开采技术	11	2200	需求旺盛
	540406	石油与天然气地质勘探技术	12	3413	需求旺盛
	580203	生产过程自动化技术	18	1673	需求旺盛
	610102	高分子材料加工技术	22	2172	需求旺盛
	530201	应用化工技术	1	1780	供求饱和
	580201	机电一体化技术	2	1755	供求饱和
	530205	精细化学品生产技术	4	1959	供求饱和
	530288	应用化学	5	1683	供求饱和
	550103	高分子材料应用技术	6	1782	供求饱和
	580102	机械制造与自动化	7	1851	供求饱和
	580103	数控技术	9	1870	供求饱和
	530202	有机化工生产技术	10	2160	供求饱和
	620401	市场营销	13	1840	供求饱和
	590202	应用电子技术	14	1752	供求饱和
	540499	石油工程	17	2187	供求饱和
	580302	数控设备应用与维护	19	1490	供求饱和
	590101	计算机应用技术	20	1527	供求饱和
	590201	电子信息工程技术	21	1968	供求饱和
	620204	会计电算化	23	1394	供求饱和
	620505	物流管理	25	1585	供求饱和
	620501	工商企业管理	15	1572	供大于求
	530101	生物技术及应用	16	1631	供大于求
	620303	国际经济与贸易	24	1738	供大于求
文化产业	670308	新闻采编与制作	1	1725	供求饱和
	670112	广告设计与制作	2	1608	供求饱和
	670101	艺术设计	3	1635	供求饱和
	590101	计算机应用技术	4	1785	供求饱和
	670106	装潢艺术设计	5	1668	供求饱和
	620401	市场营销	6	1564	供求饱和
	590102	计算机网络技术	7	1646	供求饱和
	640101	旅游管理	8	1721	供求饱和
	670104	电脑艺术设计	10	2019	供求饱和
	670302	摄影摄像技术	11	1601	供求饱和
	590169	数字媒体设计与制作	13	1405	供求饱和

续表

振兴产业	专业代码	各产业对应的主要高职专业名称	该产业对各高职专业人才需求量的排序	该专业在产业中毕业半年后平均月收入/元	当前供求关系判断
文化产业	660164	汉语言文学	14	1500	供求饱和
	660199	英语	18	1400	供求饱和
	590106	计算机信息管理	22	1921	供求饱和
	660101	汉语	9	1686	供大于求
	590110	动漫设计与制作	12	1790	供大于求
	660211	体育教育	15	1510	供大于求
	670305	影视动画	16	2193	供大于求
	670304	影视多媒体技术	17	1383	供大于求
	660303	社会体育	19	1772	供大于求
	670107	装饰艺术设计	20	1522	供大于求
	560105	环境艺术设计	21	1948	供大于求
物流业	520602	港口物流设备与自动控制	14	2228	需求旺盛
	620505	物流管理	1	1730	供求饱和
	620304	国际贸易实务	2	1718	供求饱和
	660108	商务英语	5	1823	供求饱和
	590101	计算机应用技术	6	1709	供求饱和
	520601	港口业务管理	7	1894	供求饱和
	520403	国际航运业务管理	8	2038	供求饱和
	620401	市场营销	9	1873	供求饱和
	520104	汽车运用技术	11	1633	供求饱和
	520108	道路桥梁工程技术	12	2027	供求饱和
	520504	航空服务	13	2461	供求饱和
	580103	数控技术	15	1794	供求饱和
	580402	汽车检测与维修技术	16	1606	供求饱和
	590106	计算机信息管理	17	1746	供求饱和
	620106	金融保险	18	1500	供求饱和
	520605	报关与国际货运	3	1732	供大于求
	620405	电子商务	4	1748	供大于求
	520603	集装箱运输管理	10	1782	供大于求
	620303	国际经济与贸易	19	1833	供大于求
有色金属产业	580202	电气自动化技术	5	1702	需求旺盛
	580103	数控技术	1	1704	供求饱和
	580201	机电一体化技术	2	1660	供求饱和
	580106	模具设计与制造	3	1601	供求饱和
	580102	机械制造与自动化	4	1786	供求饱和
	550102	冶金技术	6	2333	供求饱和
	580101	机械设计与制造	7	1731	供求饱和

振兴产业	专业代码	各产业对应的主要高职专业名称	该产业对各高职专业人才需求量的排序	该专业在产业中毕业半年后平均月收入/元	当前供求关系判断
有色金属产业	530201	应用化工技术	8	1765	供求饱和
	590101	计算机应用技术	9	1759	供求饱和
	620401	市场营销	10	1996	供求饱和
	620505	物流管理	11	1698	供求饱和
	660205	化学教育	12	1700	供求饱和
	550301	发电厂及电力系统	14	2036	供求饱和
	530101	生物技术及应用	13	1510	供大于求
装备制造业	580202	电气自动化技术	5	1740	需求旺盛
	580201	机电一体化技术	1	1756	供求饱和
	580103	数控技术	2	1737	供求饱和
	580106	模具设计与制造	3	1755	供求饱和
	590202	应用电子技术	4	1756	供求饱和
	590201	电子信息工程技术	6	1816	供求饱和
	580102	机械制造与自动化	7	1675	供求饱和
	660108	商务英语	8	1907	供求饱和
	590101	计算机应用技术	9	1798	供求饱和

注：供大于求是指专业就业率低于所属大类全国平均就业率 2 个百分点；需求旺盛是指专业就业率高于 90%，并且高于所属专业大类全国平均就业率 2 个百分点；供求饱和是指除供大于求和需求旺盛以外的其他情况。

本分析数据是基于对 2007—2009 届高职毕业生毕业半年后的就业数据。

数据来源：麦可思-中国 2007—2009 届大学毕业生求职与工作能力调查

表 3-19　国家振兴产业相关的、当前需求旺盛的高职专业

（附：毕业半年后平均月收入）

专业代码	振兴产业相关的主要高职专业名称	该专业毕业半年后平均月收入/元	该专业的需求量排序
580202	电气自动化技术	1782	1
580108	焊接技术及自动化	1916	2
580403	汽车电子技术	1927	3
580203	生产过程自动化技术	1718	4
520406	船舶工程技术	2322	5
520602	港口物流设备与自动控制	2004	6
610201	现代纺织技术	1472	7
610102	高分子材料加工技术	1776	8
520405	轮机工程技术	2594	9
610101	染整技术	1757	10
540601	工程测量技术	2102	11
610206	纺织品装饰艺术设计	1461	12

续表

专业代码	振兴产业相关的主要高职专业名称	该专业毕业半年后平均月收入/元	该专业的需求量排序
670110	雕刻艺术与家具设计	1916	13
610202	针织技术与针织服装	1644	14
610292	染整工程	1768	15
540406	石油与天然气地质勘探技术	3358	16
540401	钻井技术	3281	17
610207	新型纺织机电技术	1350	18
530209	化工设备维修技术	2169	19
540402	油气开采技术	2194	20
540301	煤矿开采技术	2386	21
540399	地质工程	1400	22
580492	汽车经营与管理	2840	23
540204	钻探技术	1950	24
540201	矿山地质	1900	25
540202	工程地质勘查	2422	26

注：需求旺盛是指专业就业率高于 90％，并且高于所属专业大类全国平均就业率 2 个百分点。

本分析数据是基于对 2007—2009 届高职毕业生毕业半年后的就业数据。

数据来源：麦可思-中国 2007—2009 届大学毕业生求职与工作能力调查

表 3-20　国家振兴产业相关的、当前供大于求的高职专业

（附：毕业半年后平均月收入）

专业代码	振兴产业相关的主要高职专业名称	该专业毕业半年后平均月收入/元	该专业的需求量排序
620405	电子商务	1680	1
590108	软件技术	1882	2
620303	国际经济与贸易	1824	3
620501	工商企业管理	1707	4
530101	生物技术及应用	1612	5
520605	报关与国际货运	1796	6
660110	商务日语	1770	7
620599	工商管理	1792	8
590189	计算机科学与技术	1775	9
610302	食品营养与检测	1504	10
560105	环境艺术设计	1913	11
660211	体育教育	1671	12
590110	动漫设计与制作	1784	13
610297	服装设计与工程	1738	14
610208	纺织品检验与贸易	1571	15
640190	旅游与酒店管理	1623	16
660101	汉语	1627	17

专业代码	振兴产业相关的主要高职专业名称	该专业毕业半年后平均月收入/元	该专业的需求量排序
640103	导游	1960	18
520603	集装箱运输管理	1842	19
670107	装饰艺术设计	1550	20
640202	烹饪工艺与营养	1816	21
670305	影视动画	1910	22
660303	社会体育	1978	23
670304	影视多媒体技术	1413	24
610298	服装设计与制作	1574	25

注：供大于求是指专业就业率低于所属大类全国平均就业率2个百分点。

本分析数据是基于对2007—2009届高职毕业生毕业半年后的就业数据。

数据来源：麦可思-中国2007—2009届大学毕业生求职与工作能力调查

第4章 另类思路选专业

对于女生和她们的家长,可能会非常关心哪些专业更适合女生。除了个别特殊类专业在招生上会对性别有所限制外,大部分专业都对男、女生平等开放,因此女性毕业生在就业率上与男性相差不大。尽管如此,麦可思研究还是显示,在薪资和职业、行业准入方面确实是存在一定的女性就业歧视。因此,如果从未来就业的性别优势考虑,的确需要换一种思路,有意识地去选择那些男/女性(特别是女性)薪资和就业率有优势的专业(详见第4.1节)。

对于部分高考生来说,可能在进入大学前就已隐隐怀有自主创业的梦想。有如此人生规划的高考生,可以在这里了解到在毕业之后走上创业之路的人大多来自哪些专业(详见第4.2节)。

还有部分高考生在进入大学之前就明确了自己的职业目标,希望了解哪些专业的学习能够真正做到"学以致用",在毕业后能从事专业较对口的工作;而为数不少的高考生在进入大学之前并没有清晰的职业规划,可能想知道有哪些专业在毕业后较容易转行。对于这两类有特殊需求的高考生,本章也提供了两条思路供参考(详见第4.3节)。

4.1 男/女生有就业优势的专业

本节为读者提供的表格有:

● 表4-1 2010年度男、女性高职毕业生**就业率**五星级(★★★★★)推荐专业榜(前40位)

● 表4-2 2010年度男、女性高职毕业生**薪资**五星级(★★★★★)推荐专业榜(前20位)

需要说明的是,虽然在两张女生推荐榜单上有不少工程类的专业上榜,但工程类行业在人才需求方面往往对女性的要求较高,需求也有限。因此,建议女性高考生在选择高职专业时,可以重点关注那些薪资较高、就业率也高的(如:教育、财会、文秘类)专业。

表 4-1 2010 年度男、女性高职毕业生就业率五星级(★★★★★)
推荐专业榜(前 40 位)

高职专业就业率推荐——男生榜				高职专业就业率推荐——女生榜			
排序	专业代码	男性就业率五星级(★★★★★)专业	毕业半年后的就业率/%	排序	专业代码	女性就业率五星级(★★★★★)专业	毕业半年后的就业率/%
		男性平均水平	**85.6**			女性平均水平	**84.9**
1	550303	电厂热能动力装置	98.0	1	640198	会展策划与管理	97.2
2	550105	材料工程技术	97.0	2	620293	税务会计	96.6
3	530208	工业分析与检验	96.5	3	610208	纺织品检验与贸易	96.4
4	520208	铁道工程技术	96.1	4	650106	商检技术	96.3
5	530209	化工设备维修技术	95.8	5	530302	生物制药技术	94.9
5	530303	化学制药技术	95.8	6	660214	学前教育	94.5
5	550103	高分子材料应用技术	95.8	7	590210	微电子技术	93.8
8	520108	道路桥梁工程技术	95.7	7	620503	商务管理	93.8
9	560402	供热通风与空调工程技术	94.9	9	640103	导游	92.6
10	560104	室内设计技术	94.7	10	520108	道路桥梁工程技术	92.5
11	550299	制冷与空调技术	94.4	11	590109	图形图像制作	92.3
11	580108	焊接技术及自动化	94.4	12	610302	食品营养与检测	92.2
13	580203	生产过程自动化技术	94.3	13	620111	投资与理财	92.1
14	530202	有机化工生产技术	94.2	14	620205	会计与统计核算	92.0
15	530302	生物制药技术	93.8	15	530201	应用化工技术	91.8
16	640202	烹饪工艺与营养	93.5	16	530303	化学制药技术	91.6
17	610102	高分子材料加工技术	93.3	17	620203	会计	91.5
18	590210	微电子技术	93.1	18	620304	国际贸易实务	91.4
18	530205	精细化学品生产技术	93.1	18	660112	文秘	91.4
20	580301	机电设备维修与管理	92.8	20	620201	财务管理	90.8
21	560504	工程监理	92.6	20	620297	涉外会计	90.8
22	590104	计算机系统维护	92.5	22	620206	会计与审计	90.7
23	560501	建筑工程管理	92.2	22	530208	工业分析与检验	90.7
24	520403	国际航运业务管理	92.0	24	560404	楼宇智能化工程技术	90.4
24	560502	工程造价	92.0	24	610201	现代纺织技术	90.4
24	620401	市场营销	92.0	26	590196	计算机应用与维护	90.3
27	530201	应用化工技术	91.9	26	630401	医学检验技术	90.3
28	560701	房地产经营与估价	91.8	28	560102	建筑装饰工程技术	90.2
29	560404	楼宇智能化工程技术	91.7	28	530205	精细化学品生产技术	90.2
29	580202	电气自动化技术	91.7	30	630408	医疗美容技术	90.1
31	550204	制冷与冷藏技术	91.3	30	580110	计算机辅助设计与制造	90.1

高职专业就业率推荐——男生榜				高职专业就业率推荐——女生榜			
排序	专业代码	男性就业率五星级（★★★★★）专业	毕业半年后的就业率/%	排序	专业代码	女性就业率五星级（★★★★★）专业	毕业半年后的就业率/%
32	580302	数控设备应用与维护	91.2	30	620302	经济信息管理	90.1
33	620504	连锁经营管理	91.1	33	640106	酒店管理	90.0
34	540601	工程测量技术	91.0	34	580101	机械设计与制造	89.5
34	550201	热能动力设备与应用	91.0	35	520104	汽车运用技术	89.4
36	520601	港口业务管理	90.9	36	620401	市场营销	89.2
36	580201	机电一体化技术	90.9	37	660109	旅游英语	89.1
38	520506	航空机电设备维修	90.8	37	620204	会计电算化	89.1
39	520104	汽车运用技术	90.7	37	610101	染整技术	89.1
40	580106	模具设计与制造	90.4	40	660102	应用英语	89.0

注：个别专业因样本不足，不参与此推荐榜。

数据来源：麦可思-中国 2009 届大学毕业生求职与工作能力调查

表 4-2 2010 年度男、女性高职毕业生薪资五星级（★★★★★）推荐专业榜（前 20 位）

高职专业薪资推荐——男生榜				高职专业薪资推荐——女生榜			
排序	专业代码	男性薪资五星级（★★★★★）专业	毕业半年后的平均月收入/元	排序	专业代码	女性薪资五星级（★★★★★）专业	毕业半年后的平均月收入/元
男性平均水平			2026	女性平均水平			1733
1	520401	航海技术	4065	1	520503	空中乘务	3110
2	520506	航空机电设备维修	3175	2	630408	医疗美容技术	2570
3	520405	轮机工程技术	2906	3	660111	旅游日语	2338
4	530206	石油化工生产技术	2837	4	580405	汽车技术服务与营销	2323
5	520507	航空电子设备维修	2830	5	520501	民航运输	2249
6	580107	材料成型与控制技术	2693	6	640103	导游	2220
7	540601	工程测量技术	2576	7	670102	产品造型设计	2214
8	520108	道路桥梁工程技术	2513	8	670105	人物形象设计	2149
9	560701	房地产经营与估价	2479	9	660294	小学教育	2131
10	550103	高分子材料应用技术	2477	10	640198	会展策划与管理	2128
11	560104	室内设计技术	2472	11	620599	工商管理	2068
12	550201	热能动力设备与应用	2440	12	660209	音乐教育	2031
13	620401	市场营销	2414	13	520108	道路桥梁工程技术	2029
14	530205	精细化学品生产技术	2375	14	620297	涉外会计	1979
15	520208	铁道工程技术	2360	15	660201	语文教育	1970

高职专业薪资推荐——男生榜				高职专业薪资推荐——女生榜			
排序	专业代码	男性薪资五星级（★★★★★）专业	毕业半年后的平均月收入/元	排序	专业代码	女性薪资五星级（★★★★★）专业	毕业半年后的平均月收入/元
16	520501	民航运输	2358	16	560701	房地产经营与估价	1950
17	530303	化学制药技术	2357	17	660103	应用日语	1930
18	540403	油气储运技术	2335	18	590110	动漫设计与制作	1928
19	520602	港口物流设备与自动控制	2317	19	620401	市场营销	1910
20	590262	电子表面组装技术	2294	20	640106	酒店管理	1894

注：个别专业因样本不足，不参与此推荐榜。

数据来源：麦可思-中国 2009 届大学毕业生求职与工作能力调查

4.2　自主创业比例最高的专业

麦可思调查结果显示，2009 届大学毕业生自主创业者所占比例为 1.2%，与 2008 届（1.0%）相比略有上升。可见，自主创业虽不是大学毕业生的主要选择，但大学生"创业热潮"正在悄然兴起，越来越多的大学生以一种"初生牛犊不怕虎"的精神投入其中。他们可能有一些懵懂，但不乏成就梦想的热情和创意。他们可能身在校园时就已开始了创业历程，可能也遭遇过失败和挫折，但依然在摸索中追寻个人价值。

麦可思研究还表明，从学校类型来看，高职毕业生自主创业者在 2009 届各类院校毕业生中所占的比例（1.6%）最高（如图 4-1 所示）。实际上，从 2007 届到 2009 届，高职高专毕业生自主创业比例都远远高于本科。

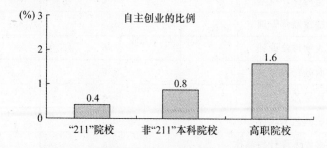

图 4-1　2009 届各类院校毕业生自主创业的比例

数据来源：麦可思-中国 2007—2009 届大学毕业生求职与工作能力调查

本节中"2010 年度自主创业比例最高的高职专业排行榜"，正是为可能怀有创业梦想的考生提供专业方向的参考，看一看在毕业后走上创业之路的毕业生大多来自哪些专业。

说明：本节表格中**自主创业的比例**为毕业半年内，以自主创业的形式实现就业的人员在同一专业全体同届高职毕业生中所占的比例。

表 4-3　2010 年度自主创业比例最高的高职专业排行榜(前 30 位)

排序	专业代码	专业名称	该专业高职毕业生自主创业比例/%	该专业高职毕业生毕业半年后的就业率/%
		全国 2009 届高职平均水平	1.6	88.7
1	590166	信息工程与网络技术	8.1	88.7
2	620402	市场开发与营销	7.2	92.8
3	510105	园艺技术	6.4	89.7
4	630102	口腔医学	6.1	65.3
5	510398	动物药学	5.7	88.2
6	590196	计算机应用与维护	5.6	85.2
6	630408	医疗美容技术	5.6	90.3
8	670104	电脑艺术设计	5.5	80.3
8	550201	热能动力设备与应用	5.5	90.7
10	620403	营销与策划	5.4	87.5
10	660211	体育教育	5.4	79.2
12	640105	景区开发与管理	5.1	94.6
13	580109	工业设计	4.8	92.1
14	590110	动漫设计与制作	4.7	83.5
15	610204	服装设计	4.2	86.6
15	530209	化工设备维修技术	4.2	93.8
17	530298	精细化工	3.9	89.3
18	640202	烹饪工艺与营养	3.8	90.4
18	590104	计算机系统维护	3.8	91.2
18	560104	室内设计技术	3.8	90.2
21	620504	连锁经营管理	3.7	89.2
22	670105	人物形象设计	3.6	83.4
22	620503	商务管理	3.6	91.7
22	560105	环境艺术设计	3.6	84.8
25	670106	装潢艺术设计	3.5	83.6
26	670113	多媒体设计与制作	3.4	90.7
27	670101	艺术设计	3.2	85.9
28	510301	畜牧兽医	3.1	84.5
28	670109	珠宝首饰工艺及鉴定	3.1	86.1
28	670112	广告设计与制作	3.1	86.1

注：个别专业因样本不足,数据暂缺。

数据来源：麦可思-中国 2009 届大学毕业生求职与工作能力调查

4.3 从工作对口率的高低看专业

本节提供了两张表供读者参考：

- 表 4-4 2010 年度高职毕业生**从事对口工作比例较高**的专业（前 50 位）
- 表 4-5 2010 年度高职毕业生**从事对口工作比例较低**的专业（前 30 位）

从表 4-4 中，读者可以清晰地看出，通过哪些专业的学习能够直接从事对口率较高的工作，这就能够为已有了明确职业目标的考生们助力。不过，工作与专业对口率高也同时意味着，接受了较强专业性训练的毕业生将来若是想要转行从事其他工作的话，难度就比较大了。

表 4-4 2010 年度高职毕业生从事对口工作比例较高的专业（前 50 位）

排序	专业代码	专业名称	工作与专业对口率/%	该专业高职毕业生毕业半年后平均月收入/元	该专业高职毕业生从事对口率最高的职业名称
		全国 2009 届高职平均水平	**57**		**1890**
1	630401	医学检验技术	96	1697	医学及临床实验的技术员
2	540403	油气储运技术	94	2267	管道系统技术员
2	530206	石油化工生产技术	94	2722	化工厂和系统操作员
4	560697	工业与民用建筑	91	1779	建筑技术员
4	560302	地下工程与隧道工程技术	91	2480	土木工程技术员
6	520107	公路监理	90	2168	土木工程技术员
7	520401	航海技术	89	4065	船舶技术员
7	540499	石油工程	89	2947	地质及石油技术员
9	520108	道路桥梁工程技术	88	2430	土木工程技术员
10	630201	护理	87	1426	护士
10	540601	工程测量技术	87	2395	测量技术员
10	520208	铁道工程技术	87	2326	土木工程技术员
10	660214	学前教育	87	1501	幼儿园教师（特殊教育除外）
10	630102	口腔医学	87	1354	口腔修复医师
10	630403	医学影像技术	87	1552	放射技术员
10	530305	药物制剂技术	87	2119	销售代表（医疗用品）
17	520506	航空机电设备维修	86	3191	航空器机械和服务技术员
17	560301	建筑工程技术	86	1980	建筑技术员
17	510305	兽医	86	1883	兽医
20	520507	航空电子设备维修	83	2830	航空电子技术员

续表

排序	专业代码	专业名称	工作与专业对口率/%	该专业高职毕业生毕业半年后平均月收入/元	该专业高职毕业生从事对口率最高的职业名称
20	520406	船舶工程技术	83	2231	汽艇机械技术员
20	630103	中医学	83	1366	内科医师
20	620293	税务会计	83	1870	会计
24	520405	轮机工程技术	82	2859	汽艇机械技术员
24	630301	药学	82	1634	药剂师
24	550303	电厂热能动力装置	82	1887	电厂操作员
27	560502	工程造价	81	1916	预算师
27	630405	康复治疗技术	81	1522	康复顾问
27	660201	语文教育	81	1894	小学教师(特殊教育除外)
30	560501	建筑工程管理	80	1902	建筑技术员
30	550301	发电厂及电力系统	80	1788	电厂操作员
30	550201	热能动力设备与应用	80	2411	电厂操作员
30	520102	高等级公路维护与管理	80	2181	土木工程技术员
30	560402	供热通风与空调工程技术	80	2099	暖气装置和空调机械技术员
35	560504	工程监理	79	2028	建筑技术员
36	570201	水利工程	78	1968	建筑技术员
36	630101	临床医学	78	1297	外科医生
38	530202	有机化工生产技术	77	2082	化工厂和系统操作员
39	630408	医疗美容技术	76	2579	皮肤护理师
39	580108	焊接技术及自动化	76	2154	焊接工和切割技术员
41	580406	汽车整形技术	75	1971	汽车服务技术员和技工
41	560104	室内设计技术	75	2161	室内设计师
41	670105	人物形象设计	75	2124	戏剧和演出化妆师
44	640202	烹饪工艺与营养	74	1929	餐馆厨师
44	510301	畜牧兽医	74	1908	兽医
44	630302	中药	74	1777	销售代表(医疗用品)
47	640103	导游	72	2300	导游和陪游
47	550299	制冷与空调技术	72	1880	暖气装置和空调机械技术员
47	620206	会计与审计	72	1759	会计
47	620203	会计	72	1740	会计

注：个别专业因样本不足，数据暂缺。

数据来源：麦可思-中国 2009 届大学毕业生求职与工作能力调查

　　若考生尚未明确未来自己从事的职业,可以通过表4-5,看看哪些专业的毕业生在择业时选择余地更大,这其实也是专业选择的一条辅助思路。

但值得注意的是,造成工作与专业对口率低的原因有很多:一方面,某些专业注重学生综合能力的培养,使得这些专业的毕业生可以很容易地适应其他不同类型的工作,他们毕业半年后所得的月收入平均值也较高(如会展策划与管理等专业);另一方面,某些专业的毕业生数量超过了就业市场的需求量,本专业竞争激烈,毕业生不好就业才不得不放弃了自己的专业优势,退而求其次。因此即使没有"毕业即失业",他们也只能获得较为微薄的收入(如法律事务等专业)。

表4-5　2010年度高职毕业生从事对口工作比例较低的专业(前30位)

排序	专业代码	专业名称	工作与专业对口率/%	该专业高职毕业生毕业半年后平均月收入/元
		全国2009届高职平均水平	**57**	**1890**
1	590166	信息工程与网络技术	21	1887
2	520504	航空服务	27	2040
2	660172	日语	27	2032
4	690104	法律事务	28	1675
5	640198	会展策划与管理	29	2161
6	620405	电子商务	33	1829
7	660107	应用韩语	36	1699
7	580205	计算机控制技术	36	1964
7	660103	应用日语	36	1969
7	660110	商务日语	36	1943
12	600101	环境监测与治理技术	38	1867
13	520503	空中乘务	39	3427
14	590201	电子信息工程技术	40	1991
15	590106	计算机信息管理	41	1759
16	590189	计算机科学与技术	42	2072
16	650106	商检技术	42	1651
16	620305	国际商务	42	1870
16	590102	计算机网络技术	42	1804
16	590202	应用电子技术	42	1922
21	640105	景区开发与管理	43	2114
21	620303	国际经济与贸易	43	1961
23	580302	数控设备应用与维护	44	1926
23	620501	工商企业管理	44	1933
23	590101	计算机应用技术	44	1794
23	620109	资产评估与管理	44	1655
27	510105	园艺技术	45	1630
27	660102	应用英语	45	1876

续表

排序	专业代码	专业名称	工作与专业对口率/%	该专业高职毕业生毕业半年后平均月收入/元
29	620503	商务管理	46	1957
29	610102	高分子材料加工技术	46	1975
29	590103	计算机多媒体技术	46	1729

注：个别专业因样本不足，数据暂缺。

数据来源：麦可思-中国 2009 届大学毕业生求职与工作能力调查

第5章　填报高考志愿常见问题解答

本章精选了在填报高考志愿时出现频率最高、最为典型的疑问,并对其进行了详细分析和解答。为方便读者查询,已经对这些问题做了适当归类。

5.1　高职招生和录取解惑

问题一：高职招生院校有哪几类？

答：高职招生院校分三类:第一类是本科院校的高职专业,这其中一部分是"211"重点本科院校,还有一部分是市属高校;第二类是公办高职院校,这些院校招生数量大,办学时间长,在职业教育与就业上有一定优势;第三类是民办高职院校,国家承认学历,不过学费较高。

问题二：高职的办学类型和承办学校有哪些？

答：高等职业教育采取多种形式、多种机制、多种模式的办学原则。现阶段,设立高等职业教育的学校有:短期职业大学、职业技术学院、普通高等专科学校、独立设置的成人高校、本科院校内设立的高等职业教育机构(二级学院)、具有高等学历教育资格的民办高校等。

问题三：高职教育的学制是几年？

答：高等职业教育专业的基本修业年限为2—3年,管理类专业一般为2年,工科类专业一般为3年,非全日制的修业年限适当延长。招收应届初中毕业生为培养对象的高等职业教育的基本修业年限为5年。

问题四：高职院校的全国普通高校招生考试和全国成人高校招生考试有什么区别？

答：全国普通高校招生考试,一般在每年7月举行。报考对象以应届普通高中毕业生为主,应届中专毕业生、职业高中毕业生、技工学校毕业生(简称"三校生")和历届高中毕业生也可以报考。其中"三校生"采取"3+2"方法进行考试。1999年之后,北京、上海等地开展了春季招生考试试点工作。另外,举办5年制高职教育的学校可以接收应届初中毕业生报考,其入学考试和普通中专相同,由地方行政部门决定。

全国成人高校招生考试,一般在每年 5 月的第一个双休日举行。其中,高等职业教育的报考对象包括在职人员、往届高中毕业生及应届中专毕业生、职业高中毕业生和技工学校毕业生,采用"3+2"方法考试。

问题五: 什么是高职单独招生?

答:高职单独招生可以看做是高职中的"小高考"。高职单招克服了统一高考中只看考试成绩,缺乏综合评价机制的弊端;引导学生根据自身特长和兴趣爱好,理性地选择适合自己未来发展的专业与方向。2010 年,有 73 所高职院校被教育部授权,可以进行单独招生(也叫自主招生)。这些学校可以自主制定招生政策,自主命题,自主组织考试,自主招生录取。目前,国家批准实行单独招生的高职院校有两类,一类是国家示范性高职院校(有 33 所已开展单独招生试点工作),一类是直辖市部分高职院校。每年 4 月,高校启动报名工作,并组织相关的考试;在 6 月高考前,招生院校公示拟录取名单。

问题六: 为什么读高职的学费比较高?

答:目前,国家没有统一的高等职业教育学费标准,均由各地政府根据本地经济发展状况及物价因素自行确定。但是,高职学生的学费普遍高于普通专科学生的学费。这是由于在高职教育中,实践课占了很大比重,比如,数控专业已经成为国家紧缺专业,但是,专业学习中必须的实践环节离不开现代化的数控机床,而一台机床的造价达数十万甚至百万。因此,家庭经济困难的学生报考高职院校还要注意这个学校能否提供奖学金,能否申请助学贷款。因为有些银行不向一些民办的高职院校提供助学贷款服务。

问题七: 达线考生一定能 100% 被录取吗?

答:不一定。原因有两个。第一个原因是按照现行录取体制,院校可以在 105% 的范围之内提出具体的投档比例,超出计划数的考生就有可能被退档;另一方面,在正式投档前,实行两轮预投档,加强考生与院校的沟通和协商,尽可能减少退档考生的数量。第二个原因是不符合院校录取原则而被退档。如果考生不符合院校的录取原则,就可能导致所填报的专业均无法满足;而如果考生未填报专业服从,或者考生虽填报了专业服从,但学校无法进行专业调剂,则考生就可能被退档。被退档的考生还可在征集志愿阶段选择填报其他院校。

问题八: 什么是高职院校的补录?

答:需要征集志愿的高职(专科)批次院校在正常录取程序结束后,与招生计划存在缺额的部分院校将进行第二次招生录取。

各省每年的补录时间根据当地具体情况而定,通常会有两个时间段:一是暑假期间,在第一次招生录取所有批次结束后,部分未招满的学校会进行补录;二是在 9 月份也就是部分大学开学以后,因部分被录取考生没有到校报到,学校取消其录取资格而有名额空出时,也会进行补录。

高校确定要补录后,会把信息上报教育主管部门。教育主管部门在收集完信息后,会将要补录的学校名单逐级下发,直到各县级招办。届时各省招办和县招办都会发出补录通知,同时落榜考生也需要自己随时留意补录信息。

问题九：补录时的注意事项有哪些？

答：有补录意向的考生,可以在补录通知发出以后,去县招办查询补录学校名单,并在县招办规定时间内填写志愿并上交。补录只分两个批次,即本科批次和专科批次。本科志愿先填报,结束后才进行专科志愿填报。需要注意的是并不是所有学校都会进行补录,补录本科院校多为二本、三本、民办,补录专科院校多为独立学院、民办高校及职业技术学院。在补录时各院校会根据实际情况调整录取分数线,也就是说录取分数可能低于第一批次,且有分数线变动幅度较大的可能性,因此补录是落榜考生的又一次机会。

问题十：报考外地大学户口要迁出去吗？

答：每个学校都有各自的规定,不愿意迁出去可以提前与学校沟通。

问题十一：报考提前录取且达到分数后,可不可以反悔？

答：根据高考录取的原则,一旦被一所院校录取,其他院校就无法再次调档,提前录取就是这样。如果真要放弃,就等于要更改志愿,比较困难。所以在填报志愿时,最好将自己的所有学校志愿和自己的实力进行统筹考虑。如果考生本人对其他批次的院校和专业更为向往,并且自己又具备冲击这些高校的实力,就要在提前批次志愿和其他批次志愿之间进行认真权衡。

问题十二：未被艺术、体育类院校录取的考生,考分如果达到了文理科其他批次的投档线,还能不能参加文理科的投档？

答：艺术、体育类录取结束后,生源检索会开始进行,未被录取的艺术、体育类的考生如果下个批次没有填报艺术、体育院校志愿,会被及时转至文理科,以保证兼报文理科考生的正常录取。

问题十三：报考民办高校有何注意事项？

答：我国民办大学目前有一千多所,具有颁发学历文凭资格的民办大学截止到 2006 年 5 月 15 日共 275 所。民办高校有三种类型:具有颁发本科文凭资格的院校,具有颁发专科文凭资格的院校,普通民办大学的自考班。报考注意事项如下:

1. 注意国家是否承认其毕业证书

只要是经过国家批准或备案的具有高等学历教育招生资格的民办高校,按照国家有关规定招收的学生,毕业后取得的学历文凭,国家均予以承认。目前民办高校毕业生可获得两种证书:自学考试的毕业证书与结业证书。学生在民办高校就读,学习修业期满,各项考试合格,由所在院校颁发写实性结业证书。

2. 一定要区分学校的本部和分部(或分校)

在选择民办高校时,如发现"某某大学分部(或分校)"字样的,应先到教育部门了解情况,进行核实,不要轻易报名。相当一部分民办大学设有自己的分部,正规的分部在教学、人事、管理等方面与本部关系密切,但也有一些分部在管理上松散,因此在择校时应当打听清楚。此外,不要单凭学校对外宣传时所说的内容来判定学校分部的教学水平。

5.2 如何填报高考志愿

问题一: 填报志愿时应考虑哪些因素?

答:无论文、理科,填报志愿都应该遵循两个基本点:预测高考成绩和职业规划。前者可以先帮助考生圈定报考的院校,后者可以确定自己的专业方向。

问题二: 在志愿填报之前应该了解哪些信息? 如何了解?

答:应该了解两类信息:一是院校的相关资历、学校性质、往年录取分数线、招生指标、录取规则以及专业设置等基本信息。这些信息可以通过院校开放日、招生通讯得到,或直接与各院校招生办公室电话联系,以及登录该院校网站查询。二是学校和专业的就业信息,包括就业率、薪资、工作能力、就业流向等。

问题三: 在填报志愿时,选专业和选学校哪个更重要?

答:高职教育是就业型教育,考生选择了某一专业,就相当于选择了将来就业的行业或岗位。高职教育的这一特点决定了考生在填报志愿时要优先考虑专业。专业的选择往往还会决定学生今后的就业和发展方向。麦可思研究表明,不同专业毕业生求职的难度和就业的质量都存在很大差异,甚至从事同一职业但不同专业背景的毕业生薪资都有差距。因此,在选专业时要从职业规划的角度考虑,选择适合的;并同时参考就业信息,选择就业前景好的。

问题四: 如何选择好的高职院校?

答:最简单的方法,就是看所要报考的学校是不是出现在各省区市招办印发的招生学校名册上。如果想了解得更详细,可以登录教育部网站进入相关页面,验证这所学校是否具备资格。

建议有条件的考生可以上网查找或者电话咨询该高职院校的历史。有一批高职院校是从中专升格而来的,过去一批老中专,尤其是国家重点中专的底子相当不错,曾经为国家的经济发展培养一批高水平的技能人才。这些中专转为高职后,职业培训力量还是很强的。而有些民办的高职院校办学历史比较长,经验丰富,已经适应了市场经济的变化需求,在就业市场有很高的口碑。

条件允许的话,建议考生去做实地考察,眼见为实、为佳。有些学校在宣传的时候可能有夸张的成分。如果实地考察,考生一定要看看学校的实验设备怎么样。在一定程度上,这是高职院校的一块试金石。

问题五: 填报志愿,怎样才算不浪费分数?

答:十年寒窗,凤兴夜寐,高考时分分必争,为的就是以优异的成绩考取理想的大学。

因此,在有限的成绩条件下,高考生要尽可能利用自己的高考成绩,上好大学、好专业。那么,什么才是好大学、好专业?怎样才算不浪费分数呢?是否应该在分数满足的范围中简单地依照录取批次对学校的优劣进行判断,认为一本胜二本,二本胜三本,本科胜专科,就高不就低呢?其实,从实际就业和长期职业发展的角度来看,并不尽如此。想不浪费分数、选择"性价比"高的专业和大学,一定要从职业规划出发,考虑自己真正喜欢和适合从事什么职业、需要学习哪些专业,并结合就业前景,选择未来就业、薪资和发展情况均较好的专业,并依据所确定的专业,选择有办学优势、并且最有可能被录取的学校。

问题六：在达不到自己理想专业的分数线的情况下，想利用转专业的形式达到"低分高就"应该怎么做？

答:首先,应该了解该院校是否允许转专业,有没有名额标准;其次,了解转专业的条件是什么,自己是否能具备这些条件;最后,有可能的话了解一下往年其他学生转专业的情况,作为参考。

问题七：对于平行志愿填报，有没有什么诀窍或建议？ 到底应该参考往年各高校的分数线，还是其录取学生的成绩排名？

答:各校上年的投档线有重要的参考价值,高考成绩的排名也很有参考价值。考生在填报时需注意三所学校一定要有梯度,学校的专业选择也要有梯度,这样才能增加被录取的机会。

问题八：填报志愿需要注意哪些细节？

答:考生和家长在填报志愿时,掌握志愿填报规定和志愿填报具体办法并提供准确信息很重要。在近几年的高校录取过程中,一些学校在第一批和第二批都进行招生,有的考生本来填报的是该学校第一批的专业,可是在对照学校、专业代码时没有注意,填写了第二批的专业代码,结果电脑显示该考生填报的专业是空白。另外学校和专业的代码也不能填错,否则,也会张冠李戴而错失录取的机会。

问题九：学生因为彼此比较熟悉，可能会出现大家扎堆报考相同专业、院校或互相攀比的情况，应如何处理？

答:填报志愿不盲从。考生应该调整好心态,明确大学生活是人生中一个非常重要的阶段,不应该受其他人的影响,改变自己志愿填报的方向,还是应该多结合自身情况,从未来的职业发展出发选择专业。

5.3　专业选择和职业规划

问题一：性格比较内向，选什么专业比较合适？

答:性格内向的人可能适合搞研究,可以选择如数学、物理等理科专业,将来毕业后可以当老师,也可以考研继续深造。如果是个性外向的学生,选择面相对更广一点,管理类专业等都比较适合。性格的确会决定一个人的职业发展,无论是性格内向还是外向的学生,都应该首先了解自己的性格所适合从事的职业,然后根据职业对专业的要求来选择专业。建议先做个职业测评,然后根据测评结果查看职业环境、与职业对应的专业及专业就业信息。

问题二: 热门的新专业是否能通向未来的热门职业呢?

答:选择专业就是选择职业,就是选择未来。一个人的职业在绝大多数情况下与他所学的专业有着直接的关系。专业虽然并不能决定某个人将来从事某项特定的具体职业,却基本上界定了未来职业的范围。考生选择的专业要适合自己的兴趣和个人目标,最适合潜能发展的专业就是最好的专业,而最热门的专业并不一定是最适合你的专业。并且,现在是热门的新专业并不代表 4 年后还是热门。对于新专业的生命力,考生应该有一个基本判断。

问题三: 如何选择重点学科? 如何选择"冷"、"热"院校及其中的"冷"、"热"专业?

答:每所院校都会有重点学科,但重点学科的选择应根据所选院校的实际情况而定。所谓"冷"、"热"院校和专业,实际上应分为入学和就业两方面考虑,"冷"、"热"院校和专业由于入学时报名人数密度不一,竞争激烈程度不同,录取分数会有差别。但有一点应该指出,即入学热门专业不一定在 3—4 年后毕业时依然是就业热门,所以还是建议考生结合自身兴趣、特长和性格特点,从职业规划的角度综合考虑专业选择。

问题四: 如何判断"热门"专业是否适合自己?

答:考生面对"热门"以及来自周围亲友的舆论和善意的压力,还需要把握好自己,因为选报专业就是选择职业、选择未来。"热门"可能适合别人,但不一定适合你。应该冷静考虑以下 4 个问题:① 符合你的兴趣、爱好吗? ② 符合你的职业生涯规划吗? ③ 你有能力得到它并把它做好吗?做好它需要哪些能力?这些能力结构你具备吗? ④ 热门专业对其从业者的个性要求你了解吗?你的个性适合搞这一专业吗?你可以通过职业测评先发现自己的职业兴趣,然后通过了解真实的职业环境,思考自己是否真的喜欢和适合该职业,最后再根据职业要求选择适当的专业。

问题五: 在选择专业时, 是否应以未来收入为标杆?

答:有研究表明,从事自己感兴趣并且适合的职业,会获得更大的职业回报,包括精神的和物质的回报。因此,未来收入不能作为决定专业选择的唯一因素,考生还应该根据自己的兴趣特长,从职业规划的角度客观、理智地选择专业。

问题六: 收费标准高的专业就一定好吗? 好专业就一定收费高吗?

答:收费水平不代表教学水准,各院校资历不同、专业设置不同、课程安排不同,收费的标准也不同。考生和家长不应该盲从"贵的就是对的",还是应从自身实际出发,结合就业前景和职业规划仔细挑选合适的专业。

问题七： 公共事业管理、劳动与社会保障、社会工作等专业的学生毕业后会从事什么职业？

答：一般而言，社会工作专业，毕业后能在民政、劳动、文教、体育、卫生、环保、社会保险、社区管理等公共事业管理部门或党政机关、企事业单位从事行政管理、文秘、广告策划工作。

附录 高职生常见职业列表

序号	职业名称	职业描述
1	文职人员	通常而言,履行多种多样的办公室职责,难以定义为任何确切的行政职位,要求掌握最基本的办公管理系统及程序方面的知识。行政职责主要取决于每个公司的具体办公程序。一般而言,负责接听电话、做记录、文字处理、速记、操作办公设备以及整理文件等多种工作
2	会计	分析财务数据并准备财务报告,计算出资产、负债、利润、损失、应纳税款或其他公司内部财务数据,并对这些记录进行保存和更新
3	建筑技术员	工作包括:在建筑物、高速公路、大型建筑项目、隧道、井筒坑道和爆破点进行体力劳动;操作各种类型的手动和电动工具,如气锤、地面打夯机、水泥搅拌车、小机械卷扬机、勘测器材及其他各种各样的设备和仪器;可能会负责清洗和准备场所,开掘沟槽,架设支架以支撑挖掘面,架设脚手架,清扫瓦砾和残骸,并清除石棉、铅及其他有害废料;协助其他工作者
4	行政秘书和行政助理	通过进行调查、准备数据报告、处理信息需求、准备信件、接待访客、安排电话会议以及确定开会时间等工作,完成高质量的行政管理工作。可能也会培训和指导业务水平较差的职员
5	客服代表	与顾客互动和交流,并提供信息以回应顾客对产品和服务的询问。妥善处理和解决客户的投诉
6	零售售货员	在零售商店里销售商品,包括家具、汽车、电器或者衣服等
7	销售代表(批发和制造业,不包括科技类产品)	向批发商或制造商出售产品,要求对所售产品了解充分
8	销售代表(机械设备和零件)	出售机械设备、机器和原材料。例如,航空和铁路设备及其零部件、建筑设备、材料处理设备、工业机械以及焊接器材
9	销售经理	对产品或服务实际配送到客户的过程进行管理和指导。根据销售地区、配额及目标调整销售分配,并为销售代表创建培训计划。通过员工收集的销售数据确定潜在销售量和存货要求,并关注客户的偏好情况
10	存货管理员(储藏室、库房)	接收、储存并签发储藏室和仓库的原材料、设备及其他东西。保存记录并编写存货报告
11	产品安全工程师	开发并指导进行检测以评估产品的安全水平,并推荐减少或消除危害的措施

序号	职 业 名 称	职 业 描 述
12	土木工程技术员	在工程人员和物理学家指导下，应用土木工程的理论和原理规划、设计并监督建筑物和设备的修建和维护工作
13	出纳员	负责现金的收支工作。保存各种金融机构交易中的现金记录和票据记录
14	化学技术员	为了开发新产品或制定生产流程、质量控制、环境标准并开展其他涉及化学实验、理论、运用的工作，进行化学和物理实验，以协助科学家对固体、液体和气体进行定性和定量分析
15	办公室管理人员和行政工作人员的初级主管	监督并协调职员和行政人员的工作
16	电子工程技术员	运用电子、电路、工程数学、（电子和电气）测试、物理学等方面的理论，负责设计、建造、检测、调试、维修、修正开发中和生产中的电子元件、零件、设备和系统。例如，计算机设备、导弹控制仪器、电子管、测试仪器和数控设备。常常在工程师的指导下工作
17	销售代表（医疗用品）	出售医疗设备及其相关产品，并提供相关服务。但并不负责药品销售
18	旅馆服务台职员	在酒店、公寓或办公楼为顾客提供个人服务。记录信息、安排交通工具、商务服务或娱乐，或监督落实顾客对于房间服务和维修的要求
19	化工厂和系统操作员	控制或操作一套完整的化工机械程序或系统
20	室内设计师	为居民住宅、商业（或工业）房屋进行室内设计和装修。设计应实用、美观并符合特殊要求，如：有利于提高生产率、销售产品或改善生活质量。可能需要对室内设计的特定领域、风格或阶段进行专门研究
21	小学教师（特殊教育除外）	在公立或私立小学授课，向小学生传授基本知识、社交礼仪及一些其他基本技能
22	采购员	负责编写信息和记录，并负责起草需要购买的原料和相关服务的清单
23	收银员	在非金融机构中负责现金的收支工作。通常需使用电子扫描仪、现金出纳柜和其他相关设备。需处理信用卡和现金卡交易，并确认支票的有效性
24	初级（零售）销售主管	监督零售、销售人员。除监督职责外还需完成管理工作，如购买、做预算、清算账目和处理人事事务等
25	安装、维护和修理工的辅助工人	协助安装、维护及修理工人对车辆、工业机械、电子及电气设备进行维护、零件补充及修理。工作包括：为其他人员提供工具、原材料和补给品；打扫工作场所，清洗机械设备和工具；为其他工作人员递送工具和材料
26	汽车服务技术员和技工	检查、诊断、调试、修理机动车辆

序号	职业名称	职业描述
27	簿记员、会计和审计员	对数据进行计算、分类和记录以保证财务记录的完整性。为了在帐务工作中取得主要的财务数据,负责例行的计算、检验及核查工作。还需核查由其他人员负责的数字、计算及交易记录的准确性
28	房地产销售经纪人	为委托人出租、出售和购买地产。履行的职责包括:研究地产报价,与客户洽谈,陪同客户实地考察地产,讨论销售条款,并且订立地产销售协议。包括代表地产买方的代理人出面
29	生产、计划及配送人员	根据生产安排表协调企业各部门的产品和原材料。职责包括:检验并配发产品,安排工作及出货日程;与部门管理人决定工作的进展和完成日期;撰写有关工作进展、存货量、费用及产品问题的报告
30	电气工程技术员	应用电气理论和相关知识测试并修正发展中和使用中的电气机械、电气控制设备及工厂、商场或实验室的电路。通常在工程师的指导下工作
31	幼儿园教师(特殊教育除外)	向4到6岁的孩子讲授最基本的自然科学和社会科学知识,还包括个人卫生、音乐、艺术以及文学课程。该职业可能需要得到地方颁发的执业许可证
32	电话推销员	通过电话邀请购买商品和服务
33	生产助手	帮助生产工人完成技术性不强的工作。职责包括:提供或递送原料或工具,打扫工作区并清洗设备
34	物流专员	分析并协调公司或组织的物流工作。负责产品的整个运作过程,包括资源的获得、配发、内部分配、递送以及资源的最终处理
35	电子工程师(不包括计算机工程师)	利用电子理论和材料属性知识,研究、设计、开发并检测(应用于商业、工业、军事和科学方面的)电子元件和系统。为通信、航空管理、推进控制、声学、设备及控制器等领域设计电路和元件
36	机械技术员	架设、操作多种机器设备并加工精密零件器械,包括制造、改装及维修机械设备。运用机械、(实用)工厂计量、金属特性、规划及加工流程等方面的知识,制作、改装零件并进行机器设备的维修和保养
37	测量技术员	调试并操作测量仪器(例如,经纬仪和电子测距仪);整理记录、绘制草图并将数据传输到计算机内
38	导游和陪游	陪同个人或团队观光或游览,例如:工业企业、公共建筑和美术馆
39	计算机操作员	监测并控制电子计算机和次级电子数据处理设备,根据操作说明对商业、技术、工程及其他数据进行处理。在计算机终端输入命令并控制计算机及其外围设备。对设备进行监控,对操作信息和错误信息做出反应
40	电气技术员	安装、维护和修理电线、电子设备和装置。确保工作符合相关规定。负责安装或维修街灯、对讲机系统或者电子控制系统

序号	职 业 名 称	职 业 描 述
41	预算师	为产品生产、项目建设或有关服务做预算,以此来协助管理招投标工作,或决定产品及服务的价格。可能专门负责某项特定的服务或产品的有关工作
42	房地产经纪人	经营地产公司或者为商业地产公司工作,监督房地产交易。通常还负责售卖房地产、出租所有权或安排贷款
43	初级(非零售)销售主管	监督并协调非零售销售人员的工作。除监督职责外还需要做预算、清算帐目以及处理人事事务等
44	土木工程师	负责计划、设计和监督建筑物及设施的修建和维护工作,这些建筑及设施包括公路、铁路、机场、桥梁、港口、航道、水坝、灌溉工程、管道、电厂、下水道系统和废物处理单位。该职业还包括设计、结构、交通、海洋和土力等方面的工程师
45	高科技、加工业和技术产品的批发销售代表	向批发商或制造商销售产品,要求接受两年以上的生物学、工程学、化学或电学的大专教育
46	机械绘图员	为机器或机械设备绘制详细的工作图表,包括尺寸、固定方法及其他工程资料
47	电气及电子工程技术员	为了工程人员在工程设计中的后续评估和使用,在工程人员的指导下,应用电气及电子理论和相关知识,设计、建造、维修、调校并修改电子元件、电路、控制器和机器
48	统计学者或统计师	从事发展数学理论或应用统计理论和方法的收集、组织、解释并总结数据以提供有用信息。专门研究某个领域,例如:生物统计、农业统计、商业统计、经济统计
49	图像设计师	为了满足商务或促销的需求,设计并制造图像,包括包装、展示品或标语。可能需要采用多种方式来达到艺术效果或装饰效果
50	保险代理人	出售保险,包括生命、财产、意外伤亡、健康、汽车以及其他类型的险种。为客户推荐其他的独立保险经纪人。通常作为独立保险经纪人工作,或者被保险公司聘用
51	货运代理	负责航空、铁路、公路及水路的货运工作,加快货物的流通速度。受理顾客的货运服务要求,按顾客的要求装载货物并送到装载处。准备并检查相关单据,并据此确定应收取的装载费用和关税
52	餐馆服务生	顾客点菜时提供服务,为顾客上菜和上饮料
53	总经理和日常主管	负责计划、指导并协调公司、公共或私人组织的运行。其职责和责任包括制定政策、管理日常操作、计划原材料和人力资源的使用,但由于其职责过于多样化和全面性,很难在管理和行政部门的任何一个功能性领域被分类,例如:人事、采购或管理服务。职责包括领导小型机构的拥有者和管理者,主要职责是管理
54	市场经理	预测公司及其竞争者的产品和服务需求,发现潜在的客户。制定价格战略目标,在保证客户满意度的前提下实现公司利润或市场份额最大化。紧跟产品发展方向,不断观测市场对新产品及新服务的需求趋向

序号	职 业 名 称	职 业 描 述
55	计算机程序师	将项目的具体情况、问题和程序转换成详细、合理的流程图,并编译成计算机语言。开发计算机程序,对文件、数据或信息进行存储、定位或检索。可能会负责网页编程
56	半导体加工人员	在生产电子半导体过程中,执行以下某一项或所有工作:将半导体材料放入熔炉;将成形的锭铁锯成段;将单独的段放入晶体生长腔和监控程序控制器下;使用 X 射线把晶轴线制成锭并把锭锯成圆片;把圆片清洗、抛光并填入一系列具有特殊用途的熔炉、化工浴和用来形成电路并改变传导性能的设备中
57	工商业设计师	开发、设计工业产品,例如:汽车、家电产品以及儿童玩具。将艺术灵感与产品使用、市场营销相结合,完成功能完善且吸引人的设计
58	档案管理员	把信件、卡片、发票、收据及其他记录按照字母顺序、数字顺序或以前的文件编排顺序归档。根据需要,对文档进行查询并提取相关材料
59	电厂操作员	控制、操作或维护发电设备。该职业包括辅助设备操作员
60	室内装饰技术员	为室内家具或运输车辆进行装潢、维修和替换
61	加工金属或塑料的数控机床操作维护员	设置(使用磁盘或打孔纸带作为程式介质控制的)数控设备对金属塑料工件自动进行铣、钻、刨、压延作业的操作。在机器自动加工程序运行错误或机器故障时可以改变进给量或切削速度,更换刀具或调整机器控制参数
62	航空器机械和服务技术员	检查、诊断、调试、修理或检查飞机的发动机以及水压和气动系统装置
63	宣传促销经理	策划、指导宣传策略,筹备相关物品,如:海报、竞赛、折扣券、赠品等。激发部门或组织在预支的基础上购买产品及服务的兴趣
64	翻译员	将书面、口头或符号文字语言翻译为另一种语言
65	计算机软件应用工程师	开发、修改计算机应用软件或应用程序。分析用户的需求并找出软件解决方案。为客户量身设计软件,使操作更加高效。可能(独立完成或作为团队中的成员)分析并设计数据库。
66	机械维护技术员	润滑机械、更换零件或执行其他的机械日常维护工作
67	销售代表(农产品和设备)	出售农业产品并提供农业服务。例如,动物饲料、农场及花园设备、奶制品、家禽以及兽医用品
68	工模具技术员	分析设计规格,计划选取金属胚件,架设并操作机器设备,组装用于制作钳具、切削机床、夹具、固定件、量具以及机械工手持工具的零件等
69	数据录入员	操作键盘和图片排版穿孔机等数据输入设备。负责确认数据并准备打印材料
70	计算机硬件工程师	为商业、工业、军事和科学方面的应用而进行研究、设计和开发工作,并检测计算机及其相关设备。监督计算机及其相关设备和元件的生产及安装

序号	职业名称	职业描述
71	数控设备加工程序编制员	为自动机床、设备或加工中心编制程序,以实现设备控制和加工过程
72	销售工程师	出售商业用品和服务,要求具有工程相关的教育背景
73	机械工程技术员	在工程员工或物理科学家的指导下应用机械工程原理和理论,对机器和设备进行修改、开发和检测
74	化学设备操作员和管理员	操作或维护用于控制工业或消费品处理过程中的化学变化或反应的设备。所使用的设备包括:脱硫器、夹层汽锅和反应堆容器
75	柜员和租赁服务员	受理修理、租用或者服务等要求。为顾客介绍服务、计算费用并接受付款
76	人力资源助理	编写并保存个人记录。登记每一个被雇佣者的资料,例如:住址、周薪、缺席次数以及产品销售数量,并对其能力做出测评报告,或记录终止雇佣的原因和日期。按照被雇佣者资料撰写报告并打印,把资料归档。寻找被雇佣者的档案并将资料提供给委托人
77	施工工程师	操作压缩机、抽水机、升降机、井架、起重机、铲土机或平地机等多种设备,进行地面挖掘、泥土移动或坡度降低。架设结构,浇注混凝土或其他路面材料,并负责设备的修理和维护工作
78	汽车机械技术员	修理汽车、卡车、公共汽车和其他车辆。熟练机械工修理车辆的任何步骤或者专攻传动系统
79	发电站、变电站和中继站的电子和电气修理技术员	在发电站、变电站和正在服务中的中继站检查、测试、修理或维护电子设备
80	电子和电气设备装配技术员	装配或更改电子设备,例如:计算机、器材遥测系统、电动机和电池
81	机械工程师	负责设计工具、引擎、机器及其他机械设备并且负责制订计划。监督诸如中心供热、瓦斯、水及蒸汽系统设备的安装、操作、维护和维修
82	预订票务代理和旅游服务人员	向顾客售票并向大型酒店或连锁酒店预订房间。可能会检查行李并引导顾客去大街、码头或其他指定地点;接受预订,送票,安排签证,联系个人或团体通知他们包办旅行,或为其提供旅游景点、餐厅的价格以及紧急服务等旅游信息
83	工业机械技术员	修理、安装、调试或维护工业生产及加工中的机械,熟悉精炼厂及管道分布系统
84	初级主管、菜品烹调和服务人员的主管	管理负责烹调菜品及为顾客提供服务的工作人员
85	平面设计	用电脑软件对已经准备好的出版材料进行编辑
86	存货管理员和订单填写员	接收、存储从仓库和储藏室签发到销售区的商品、原材料、设备和其他产品,将它们摆放在书架和桌子上,或直接提供给顾客。对商品进行标价和展销

序号	职 业 名 称	职 业 描 述
87	初中教师(特殊和职校教育除外)	在公立或私立学校讲授中级(即初中水平)课程;根据目前实行的各省的法律和规定,中级课程的难度介于小学和高中之间
88	汽艇机械技术员	修理和调试(汽油或柴油动力的)舱内引擎或尾挂引擎的电子及机械设备
89	互联网管理员	管理互联网环境设计,推出和维护新内容,保证互联网和应用的测试的质量稳定
90	仓储及配送经理	计划、指导并协调一个组织内的仓储和配送工作,或者负责原材料及产品在组织之间的仓储及配送
91	机电技术员	操作、测试并维修无人操作设备、自动设备、服务机械或机电设备。操作无人潜水艇、飞行器、石油钻探设备、深海探测器和有害废物迁移设备。帮助工程师测试并设计机器人设备
92	职业护士(有从业许可证的)	照料医院、疗养院、诊所、私人家庭和类似机构中的病人和伤残人士。可能要在注册护士的管理下工作。需要具有从业资格许可证
93	发动机和其他机械装配技术员	构建、组装或改造引擎、涡轮机和类似的(用于建筑、冶炼、纺织和造纸行业的)设备
94	销售代表(精密仪器)	销售精密仪器。例如:功率计、弹簧称,以及实验、导航或测量器材
95	机械检查员	检查并测试机械装配和系统,比如马达、车辆和运输设备,发现其中的缺陷和损耗,以保证生产遵照规格进行
96	兽医	为动物诊断并治疗疾病。可能需要在某一具体领域工作,例如:研发、咨询、管理、技术类写作、广告或销售,或者将技术类服务转让给其他公司或机构。该职业还包括为牲畜诊断的兽医
97	互联网开发师	开发和设计互联网及应用网页,创造和标明互联网的系统和技术参数,指导互联网内容开发、改进和维护
98	学前班教师(特殊教育除外)	在儿童看护中心或其他儿童成长机构中工作,增强(5岁或以下)孩子必需的社交能力和身体素质,并帮助他们的心智成长。该职业可能需要政府的执业许可
99	非农产品的批发和零售卖主	购买非农业的商品或日用品,包括耐用和非耐用品,目的在于以批发或零售的方式再次转卖给顾客。分析商品过去的需求趋势、销售记录、价格和质量来决定价值和产量。根据协议选择、订购商品并支付。可能需要与售货人员见面并介绍新产品
100	电气和电子运输设备安装者和修理技术员	安装、调试或维修移动电子通讯器材,包括在火车和船只上使用的语音设备、声波定位设备、安全设施、导航及监视系统或其他的移动设备
101	个人理财顾问	利用税收、投资策略、证券、保险、养老金和不动产等方面的知识为客户制订理财计划。其职责包括评估用户的资产、债务、现金流情况、保险范围、税收状况、财务目标等,并据此制定投资策略

序号	职业名称	职业描述
102	电气工程师	为商业、工业、军事和科学方面的应用进行设计、开发和检测工作,并监督电气设备、元件或系统的生产及安装
103	通讯设备安装者和修理技术员	架设、重新排列或移动电话总机的转换和拨号设备。为顾客修理电话以及其他通讯设备。可能会负责在新地点安装设备,或为正在修建的建筑安装配线和电话插口
104	网络和计算机系统管理者	安装、设定并维护一个组织的局域网、广域网、网络系统或网络系统的某个部分。维护网络硬件和软件。管理网络并进行必要的维护,以确保所有的系统用户都能正常使用网络。可能监督其他网络维护人员和客户服务器专员的工作。计划、协调并执行网络安全措施
105	运输、仓储及分配经理	遵守政府政策和法规,计划、指导或协调运输、储存或分配工作
106	电力辅助设备操作员	控制和维护水泵、鼓风机、压缩机、冷凝器、给水加热器、过滤器和氯化器等辅助设备,为涡轮、发电机、锅炉和其他动力设备提供水、燃料、润滑剂和空气等辅助动力
107	生产及操作人员的初级主管	监督和协调生产及操作人员(例如:检查员、精密度工作者、机器安装及操作员、装配工、设备及系统操作员)的工作
108	建筑绘图员	准备详细的建筑设计图纸,根据建筑师的要求设计建筑物和结构
109	通讯设备机械、安装和修理技术员	安装、维护、测试并修理通讯电缆和设备
110	上门推销员、街头商贩以及相关工作者	在街上或上门推销产品和服务
111	工业工程技术员	通常在工程人员的指导下应用工程学原理和理论解决工业布局或生产问题。为了建立标准的生产评价标准或增进工作效率,研究并记录生产、维修、文职及其他工作的时间、进展、方法和速度
112	护理助理、护理员、服务生	在护理人员的指导下,提供基础的病人护理。职责包括:喂食、洗澡、穿衣、打扮、移动病人或更换床单
113	网络设计师	满足使用者的要求和决定计算机联网的设计条件,计划和实施网络升级
114	不动产和社区协会经理	计划、指导或协调对商业、工业或居民住宅等不动产的销售、购买、租赁及管理工作
115	车身修理技术员	修理和重漆汽车车身并调直框架
116	编辑	负责各种编辑工作,例如:排版、编辑索引以及修改稿件内容等,以备进行印刷
117	招聘人员	搜寻、面试并筛选应聘者以填补目前和未来的工作空缺,在组织内部提供就业机会
118	教育、职业和校园顾问	为个人提供咨询,为团体提供教育或职业指导服务

续表

序号	职业名称	职业描述
119	电脑、自动出纳机和办公设备的修理人员	修理、维护或安装计算机、文字处理系统和自动出纳机,以及复印机和传真机等电子办公设备
120	汽车个别部件技术员	仅仅修理车辆的一个系统或元件,例如:刹车、悬挂装置或散热器
121	制图技术员	根据实地考察记录、整理制图信息,绘制地形图并核实其准确性
122	工业生产经理	根据产品的成本、质量和产量等方面的规定,计划、指导或协调生产产品所必需的运作及资源
123	测量师	精确地测量并确定土地的分界线。为工程、绘图、采矿、土地评估、建筑及其他目的提供数据,包括地表或地表附近的土地的形状、等高线、引力、位置、海拔或面积等方面的信息
124	证券经纪人	负责有价证券的出售和购买工作。具体工作包括:为股票买卖进行下单,计算交易费用,核查股票交易,接受并转让有价证券,跟踪股票价格波动轨迹,计算资产净值,分配红利,并记录每日交易量
125	运输服务员(不包括航班乘务员和行李搬运工)	在船舶、汽车、火车运行期间或在站内提供个人服务以确保乘客的安全和舒适。问候乘客、查票、解释说明安全设备的使用方法,提供食品和饮料,或回答乘客有关旅途的疑问
126	机械工、安装工和修理工的初级主管	管理并协调机械工、安装工和修理工的工作
127	初级职业教育教师	在中学讲授与职业技能相关的课程
128	食品服务人员(非餐厅)	在餐馆以外的场所中为顾客提供饮食服务,例如:酒店、医院或汽车
129	金融服务销售商	向金融机构和公司顾客提供理财服务,例如:提供贷款、税收和证券方面的咨询
130	计算机支持专家	为计算机系统使用者提供技术帮助。亲自通过电话回答客户的问题或远程解决计算机问题。为计算机软、硬件的使用提供帮助,包括复印、安装、文字处理、电子邮件和操作系统等各个方面
131	广告代理商	与客户洽谈,推销广告服务,包括平面广告、出版物的广告版面、(特别制作的)广告标志,或电视和广播上的广告时间。租用户外广告位或劝说零售商使用自己提供的促销工具
132	会计和审计员	为了提出建议或准备报表,对财务记录进行检查、分析并解释。采用记录成本或统计财务、预算数据的系统,并对系统提出建议
133	培训和发展专家	管理雇员的培训和发展项目
134	审计员	调查并且分析会计记录以确定公司的财务状况,准备关于操作程序的财务报告

数据来源:麦可思(MyCOS)-中国大学毕业生求职与工作能力调查,http://www.mycos.com.cn